Sylvain Tesson

Une vie à coucher dehors

Gallimard

Sylvain Tesson est l'auteur de nombreux essais et récits de voyage, dont *L'axe du loup*. Son recueil de nouvelles *Une vie à coucher dehors*, s'inspirant de ses pérégrinations, a reçu le Goncourt de la nouvelle 2009. *Dans les forêts de Sibérie* a été couronné par le prix Médicis essai 2011 et *Berezina* par le prix des Hussards 2015. En 2018, il a publié *Un été avec Homère* aux Éditions des Équateurs. Paru en 2019, *La panthère des neiges* a été récompensé du prix Renaudot.

À la fée de l'éternel retour

L'asphalte

I

— Salaud !

On entendait tinter les bouteilles longtemps avant d'apercevoir le livreur. Chaque soir, la scène était la même : Édolfius se rangeait pour laisser passer le camion et se protégeait le nez avec son foulard, mais la poussière lui fourrageait les muqueuses et lui laissait un goût d'emplâtre dans la bouche. Il toussait, crachait, s'étranglait. Un petit filet de bave brunie lui coulait dans la barbe. Alors il insultait le livreur, la piste, sa vie. On ne pèse pas grand-chose sur cette terre lorsqu'on en est réduit à gueuler contre la poussière.

Il fallait trente minutes à Édolfius pour rentrer des champs jusque chez lui. Il habitait une maison de bois dans le centre du village. L'été, il faisait la route la faux sur l'épaule, l'hiver avec la bêche. Il marchait doucement. Son cœur nécrosé par le tabac et l'eau-de-vie de prune ne battait pas assez fort pour les longues foulées. Il avait cinquante ans et le corps en ruine. Le village de Tsalka était construit au bord d'un lac à l'abri des ondulations de collines. Sol volcanique, alpages bien verts. Les éboulis de lave au sommet des crêtes s'épandaient dans le pli des versants. Les prairies avaient recouvert les coulées.

L'été, les fleurs s'ouvraient, appétissantes. Les moutons sentaient qu'ils ne pourraient pas avaler la montagne et devenaient fébriles. Ils mastiquaient furieusement. Les pentes se peuplaient de faucheurs. Les bergeronnettes gobaient les insectes à chaque coup de faux. Les fenaisons duraient un mois. Les types aiguisaient leurs lames. Les pierres crissaient sur le métal. Les femmes apportaient des cruchons à col étroit remplis de vin de Khakétie. Pas un Géorgien n'aurait avoué qu'il s'agissait d'un immonde verjus. Le soir, le foin s'entassait sur les carrioles ; chaque famille rapportait sa moisson à la ferme. Édolfius n'avait pas de carriole, il s'employait dans le champ des autres. À la fin de la journée, il rentrait à pied, seul.

Le soleil dorait les thalwegs. Naguère, quand l'URSS existait encore, Édolfius était allé avec les *komsomols* au musée de l'Ermitage à Leningrad. Il avait vu les scènes champêtres des maîtres hollandais. Les toiles baignaient dans la même lumière qu'ici. Mais les villages, là-bas, paraissaient mieux tenus.

Le camion revenait, traînant le voile rouge du crépuscule. Édolfius disparut dans le nuage et jura de nouveau. Les choses ne pouvaient plus durer, il fallait parler à Youri. La route qui traversait Tsalka menait à la ville de Batoumi, par le village d'Oliangi. Il fallait supporter six heures de cahots pour venir à bout des cent kilomètres qui séparaient de la mer. Les premiers lacets conduisaient à la forêt, l'air devenait humide, la route serpentait trente fois puis c'était Oliangi : quelques maisons de pierres noires levées par les Arméniens au temps des carnages turcs. La piste descendait ensuite le long de la rivière en passant des ponts : trois heures agréables. On s'arrêtait pour pêcher, on grillait les poissons sur le feu. Du temps des Rouges, la Géorgie était considérée comme un paradis.

Édolfius réfléchissait. Il se demandait au nom de quoi Tsalka, son village, n'avait pour desserte qu'une piste de cailloux. Pourtant, l'asphalte gagnait le reste du monde. Même en Afrique les villes tiraient leurs langues noires à travers la brousse. Toute l'humanité jusqu'au dernier des nègres foulait le goudron. La modernité s'épanchait dans les campagnes planétaires mais Tsalka, place forte des irréductibles ratés de Géorgie, n'avait pas le droit d'entrer dans la danse ! Ici, on devait continuer à cracher ses poumons dans la poussière et à patauger dans les fondrières.

Édolfius devenait mauvais. La Géorgie était une vieille catin affalée au piémont du Caucase. Elle s'était livrée à tous. Les Turcs, les Russes, même les Grecs étaient venus ici, s'infiltrant par d'étroits défilés.

Pourtant il y avait eu des heures de gloire. Jadis, le Turc avait mangé dans la main géorgienne. D'imprenables forteresses chrétiennes avaient couronné les pitons de l'Anatolie et la croix de Nino avait flotté jusque sur le rivage méditerranéen. Aujourd'hui le pays ne pesait plus rien. Dans les journaux, ils appelaient cela *le déclin des nations.*

Il s'arrêta devant une fourmilière. Il le connaissait bien, ce monticule. C'était comme une borne à la moitié du chemin. Il sortit de sa poche une flasque et but une gorgée. La bonne coulée lui flamba la trachée. Il lampa une autre rasade. Cette fois il sentit l'âcreté du *bratsh.* De la main droite, il tapota légèrement le monticule. Les fourmis s'affolèrent. Quelques-unes grimpèrent sur sa main, et lui pincèrent la peau. Il les épousseta. Les insectes avaient aspergé sa paume d'acide formique. Il s'envoya le liquide dans la narine droite. Le principe ammoniaqué lui déchira le sinus et il contempla, les paupières mi-closes, les colonnes de fantassins couler de la montagne en vie. Il venait de s'octroyer le *shoot* du prolétaire.

— Mêmes ces saloperies d'insectes circulent mieux que nous !

Il flanqua un coup de pied dans la fourmilière. La petite Babel explosa.

Youri Asphaltashvilli présidait la réunion du conseil de la municipalité dans la salle de la mairie. On était en train de débattre du sort de la statue de Staline qui trônait dans un champ de luzerne. Dans le village, des voix s'étaient élevées pour qu'on l'abatte. Non pas tellement qu'on tînt à solder les comptes du communisme, mais parce que le zinc valait cher au port de Batoumi. Les membres du conseil écoutaient l'adjoint lire les cours des matières premières, parus dans le journal de la veille quand Édolfius entra.

— Silence, bande de ratés ! Il faut que cela cesse !

Édolfius avait violemment poussé la porte et le panneau avait claqué contre le mur. La secrétaire du maire réprima un petit cri.

— Si tu veux dire quelque chose, Édolfius, tu prends rendez-vous avec Anastasia Pétrovna et on t'entendra lors du prochain conseil.

— Ça ne marche plus comme ça, Youri. Toute la planète est goudronnée. Sauf Tsalka. Nous sommes la risée du monde.

— Édolfius, nous travaillons. Nous n'avons pas de temps pour les ivrognes. Fiche le camp !

— Il nous faut le goudron ! Nous vivons en prison dans ces montagnes !

Le vétérinaire, membre du conseil municipal, avait été champion de lutte à Tbilissi. Il éjecta Édolfius dans la rue. Le faucheur perdit l'équilibre, tomba dans la boue. Deux jars lui mordirent les mollets. Les édiles refermèrent la porte, on reprit la séance.

II

— Cent grammes, dit Édolfius à Tamara.

Assis dans le coin, il tenait son verre de vodka à deux mains. Le café avait été ouvert en 1950. Il faisait alors office de *club de la culture* pour les ouvriers de la centrale hydroélectrique. La salle était spacieuse : on y dansait. Après la chute de l'URSS, on n'avait pas retiré le portrait de Lénine. Édolfius le fixait. À cause de l'éclairage blafard, Vladimir Illitch Oulianov avait mauvais teint. Les ombres accentuaient ses traits asiates. Il avait l'air d'un bâtard turco-mongol. Dire que lui, Édolfius, avait lu sans débander les œuvres complètes du chef dans une édition russe en dix-huit tomes. Il aurait bien voulu parler à Tamara. C'était une gentille serveuse. Mais la chaîne hi-fi encastrée dans le mur à bouteilles crachait de la pop russe. Les Tatu chantaient : deux lolitas à sourcils percés. Le volume de la musique empêchait toute communication. Aux tables voisines, on buvait sans un mot. Il fit signe à Tamara d'éteindre.

— Qu'est-ce que tu veux ? dit-elle.

— Je veux de l'asphalte !

Il s'adressa à la table voisine :

— Vous n'êtes pas fatigués de cahoter sur la rocaille ?

— Tais-toi, Édolfius, dit Tamara, n'embête pas les gens.

— Regardez-vous ! Vous êtes déjà morts ! Le monde entier roule sur du velours et nous, à Tsalka, on est infoutus de faire monter une goudronneuse !

Il jeta la monnaie sur la table et quitta le bar. Quand il eut passé la porte, Tamara remit la radio à fond. Du bar à la maison, il y avait cinq cents mètres. Édolfius entendit longtemps la musique. À présent, c'était ce taré de Fiodor, star du hip-hop sibérien, qui chantait des trucs de dégénéré : « Alcool le matin, liberté pour la journée… » Ses propres filles adoraient Fiodor.

La fuite d'une canalisation avait fait de la rue un bourbier. Il s'englua dans les flaques, réveilla un cochon derrière la palissade d'une maison. Des chiens aboyèrent. Une Volga blanche passa — pleins phares. La boue gicla sur sa chemise. Il reconnut la voiture de Piotr, le boucher. L'année dernière, elle s'était embourbée en plein village. Il avait fallu faire venir un tracteur d'Oliangi pour l'extraire du merdier.

— Tu rentres à l'heure des Russes et tu pues.

Édolfius ne répondit pas à sa femme. Tatiana et Oxanna se disputaient une console de jeu vidéo. Il aurait bien voulu un baiser. Il les appela, mais il n'avait aucune chance contre les écouteurs. Les jumelles d'Édolfius avaient dix-huit ans et rien à lui dire. Elles rêvaient de la ville, se traînaient dans les journées. La télé leur avait apporté la connaissance du monde. Elles vivaient greffées à l'écran. Elles n'aimaient pas l'odeur des champs, redoutaient l'obscurité des bois, ne savaient pas traire les vaches. Le seul moyen de les arracher à l'abrutissement était de leur donner la possibilité de gagner la ville. Édolfius ferait venir le goudron jusqu'ici pour elles. L'asphalte les sauverait.

Tous les adolescents du village vivaient dans l'obsession de Batoumi, l'inaccessible étoile. Là-bas dans les guinguettes, on faisait rôtir des chachliks devant la baie illuminée où croisaient des tankers pleins de naphte azérie à destination du

Bosphore. Les boîtes de nuit grouillaient jusqu'à six heures du matin de gens impatients de baiser. À la moindre occasion, les jeunes de Tsalka montaient dans le bus. Ils encaissaient les cahots et, au bout de six heures, c'était la ville, la nouvelle vie. Alors, ils rêvaient de s'installer et de ne plus jamais remonter. Pour renverser la tendance, il fallait rabouter Tsalka à son siècle.

Jusqu'à l'automne, Édolfius se démena. Le soir, après les travaux des champs, il organisa des réunions à l'école communale. L'instituteur Prentice fut un allié de la première heure. Lui aussi savait que les pistes de poussière sont à sens unique : les enfants les dévalent et ne reviennent pas. Pour les humains, les transhumances sont sans retour.

Au début, les paysans boudèrent l'initiative. On crut qu'Édolfius et Prentice visaient un siège au conseil, qu'ils se lançaient dans la brigue. On ne voulait pas de changement. Le maire était corrompu, son successeur le serait peut-être davantage. Tsalka avait survécu parce que rien n'avait jamais évolué. Ici, on se méfiait des agitateurs. Lorsque la dissidente politique Anna Pougatchavilli avait été assassinée sur le seuil de son appartement, on avait murmuré qu'elle l'avait cherché. Dans le voisinage, les choses étaient semblablement endormies à l'ombre des volcans. Il y avait des petits villages à moins de trois kilomètres que se partageaient trois communautés : les Grecs, les Arméniens et les Azéris. Ils étaient reliés les uns aux autres par des routes pavées de galets ronds. Enfer pour les autos, cauchemar pour les cyclistes. Les Arméniens haïssaient les Azéris, qui haïssaient les Grecs. La haine tenait tout le monde dans l'obligation de vivre tranquille. Sinon c'était la mort.

Ardémisse, patronne du magasin n° 2 — le seul commerce subsistant à Tsalka depuis la faillite des magasins n° 1 et n° 3 —, réussit à toucher les villageois au seul endroit sensible chez les velléitaires : l'amour-propre. Elle se présenta un soir à l'école. La salle de réunion était presque vide. Elle déclara tout de go son soutien au bitume. Elle avait toujours déploré que le camion livreur ne vînt pas plus souvent la ravitailler. Le grossiste de Batoumi à qui elle passait ses commandes rechignait à envoyer ses commis sur la piste de Tsalka. Il ne voulait pas bousiller les châssis de ses camions pour approvisionner les stocks de « bouseux de montagne ». Le commis avait confié à Ardémisse qu'en ville on les appelait comme ça. Elle répéta ces mots à Édolfius, qui sauta sur l'insulte pour rallier des ouailles. L'instituteur aida à rédiger un placard. Les deux hommes passèrent une nuit entière à en clouer cent cinquante sur les palissades du village. Le tract s'adressait « À CEUX QUI NE VEULENT PAS RESTER DES BOUSEUX ». Suivaient une vingtaine de lignes lyriques exhortant les habitants du village à noyer dans le goudron l'injure de « ceux du bas ». L'appel sommait les citoyens de Tsalka de se joindre aux réunions. Il fallait peser sur le gouverneur de la région.

L'affront piqua les gens. Le tract eut un effet électrique. Le lendemain soir, il y eut affluence à l'école. Chacun s'appropria le souhait de goudronner la route. Chacun avança une justification personnelle.

L'infirmière parla la première :

— Le bourbier qui recouvre la rue principale au printemps est un cloaque.

Les jumelles d'Édolfius furent magistrales. Elles énumérèrent les perspectives qu'ouvrirait le raccordement à la ville.

— Tsalka échappe à son destin en restant isolée, dit Tatiana.

Des deux, Oxanna fit la plus belle impression. Elle venait d'écouter un débat télévisé et n'eut qu'à répéter les paroles d'un député d'Abkhazie qui noyait le poisson devant les caméras.

— Il est temps d'accorder le pouls de nos campagnes aux battements de la mondialisation. Les générations futures nous béniront d'avoir rétréci le pays.

— Tsalka ne peut échapper à la marche du siècle, renchérit Édolfius.

Seules les voix de Simeon, le plus riche éleveur du village, et d'Hilarion, le pope aux boucles noires, discordèrent.

— Nous disposons d'une chance unique. La situation de Tsalka nous préserve des agressions extérieures. Goudronnez, et la chienlit rampera jusqu'à nous !

— Il a raison, dit Hilarion. La piste est notre rempart !

On les hua.

Édolfius et Prentice rédigèrent une supplique au nom des villageois. Lorsque le maire se rendit compte qu'il ne se tramait aucune manœuvre contre lui, il rejoignit le mouvement. Puisque l'unanimité régnait, il ne s'opposait pas au goudronnage. Le dimanche suivant, le texte était prêt. Édolfius le lut à haute voix.

C'était l'appel au secours, pudique, émouvant et légèrement ridicule, d'un petit village qui ne voulait pas disparaître. Comme l'homme tombé en mer, les habitants de Tsalka agitaient la main pour que l'équipage ne les abandonne pas. Édolfius avait filé la métaphore du sauvetage jusqu'à comparer la route de goudron à « la corde qu'on jette au noyé ». Le texte précisait que le village était d'une beauté profonde, adossé à un amphithéâtre glaciaire, planté d'une vieille église à toit octogonal, et qu'il y aurait matière à faire grimper les touristes jusque-là. Le gouverneur à qui l'on s'adressait s'adonnait à l'économie de marché. Les dernières lignes lui laissaient entrevoir la possibilité de développer l'industrie du ski. Les sports d'hiver balbutiaient en Géorgie. Des Azéris enrichis dans l'industrie pétrolière et des Turcs aux doigts poilus, commerçants de Trébizonde et notables d'Erzurum, venaient parfois chercher neige et chair fraîches dans les montagnes du Caucase. Il serait simple de faire de Tsalka une station d'altitude. Les forêts de sapins offraient du bois pour les chalets, et le village regorgeait de matrones capables de farcir les choux pour revigorer les skieurs. Mais ces perspectives réclamaient l'asphalte. Le maire signa l'appel et apposa le cachet de la municipalité. La requête était devenue officielle. On convint qu'Édolfius la porterait lui-même, le surlendemain, par l'autobus qui assurait la liaison avec la ville.

Les travaux commencèrent au mois de juin. La demande des habitants de Tsalka, déposée au secrétariat du gouverneur de Batoumi, avait été considérée avec beaucoup de sérieux par l'administration. Le document était arrivé sur le bureau du gouverneur après avoir gravi divers étages, et atterri sur des tables d'où certains papiers ne redécollaient jamais.

Cette année-là, le gouvernement ne se préoccupait pas davantage qu'avant du bitumage des routes du pays, mais l'État venait de signer avec une compagnie pétrolière américaine un contrat autorisant le passage d'un pipeline à travers le territoire national. Les termes de l'accord engageaient les pétroliers à remédier au manque d'infrastructures sur le tracé de l'oléoduc. L'asphaltage de la route de Tsalka fut ainsi intégré au vaste programme de réfection de la voirie géorgienne. Pour la première fois de sa vie, Édolfius s'était trouvé au bon endroit, au moment propice.

Les ingénieurs nivelèrent l'ancienne piste. Le rabot des machines lissa une rampe de terre. Les ouvriers coulèrent un socle de graves bitumeuses et de débris de roche en guise de soubassement. Commença le lent feuilletage des couches destinées à la stabilisation de la chaussée. Édolfius s'intéressa à l'ouvrage, s'impatronisa dans le roulement des équipes, se lia avec les contremaîtres. Par amitié, on lui confia une menue tâche dont il s'acquitta avec un sérieux de planton. Il devait réguler la circulation sur la demi-bande de piste que le chef de chantier laissait ouverte aux véhicules. Il était muni d'un gilet réfléchissant, d'un casque et d'un panonceau de bois frappé des quatre lettres « STOP ». Il s'écoulait parfois trois jours sans qu'aucune voiture passe. Édolfius restait debout, stoïque, scrutant l'horizon, empli de sa mission. Lorsqu'un véhicule approchait, il brandissait le panneau d'un geste autoritaire et gueulait « Stop » en faisant rempart de son corps. Le conducteur ouvrait la fenêtre, goguenard :

— Et le goudron alors, mon vieux ?

— Il arrive !

Et le goudron arriva.

Une fois ajoutée la chaux à la couche de forme, on versa le béton bitumeux et l'asphalte. La coulée partit de Batoumi et monta vers Tsalka. Elle conquit les kilomètres un à un. Le rouleau compresseur aplanissait la nappe et Édolfius pensa à ce pâtissier juif de Tbilissi qui lissait la crème de ses strudels avec un couteau à large lame. Édolfius trouva superbe cette glaçure noire qui fumait dans la froidure. L'odeur du goudron brûlant macéré dans les seaux de bois le galvanisait. Le fumet du progrès avait un goût de chair brûlée.

Le camp des ouvriers était établi au piémont du massif, juste au commencement de la serpentine. Dans les baraques en tôles chauffées par des poêles à bois et éclairées par des groupes électrogènes, il régnait chaque soir une atmosphère joyeuse. On partageait le *kachapouri*, le vin rouge et les souvenirs des années soviétiques.

Ce chantier fut montré en exemple dans le pays comme un modèle de sécurité. Pour cent kilomètres d'asphaltage, on ne déplora que trois incidents. Un ouvrier à court de vodka s'était perforé l'intestin en avalant de l'antigel pour fêter le premier kilomètre. Un autre avait parié qu'il garderait son pied le plus longtemps possible sur la chaussée au passage du compresseur et gagna son pari. Enfin on retrouva le cadavre d'un contremaître à bord d'une pelleteuse retournée dans la rivière : il l'avait empruntée une nuit de cuite « pour chercher des provisions ». Il y a toujours sur la route de Tsalka un petit monument votif construit en sa mémoire.

L'asphalte atteignit Tsalka le 21 juin. La date était de bon augure. Les dieux géorgiens organisaient le raccord en plein solstice. Le maire parla d'« un nouvel été pour le village ». Il conclut son discours en citant le *Traité sur les goudrons et sables bitumeux de l'URSS* de Pavel Neftski : « L'asphalte, tirée des profondeurs de la Terre pour en recouvrir la surface est un présent qui nous est offert par le temps pour que nous nous affranchissions de l'espace. » Un tonnerre d'applaudissements salua cet éclair auquel on ne comprit rien. On avait invité les ingénieurs de Batoumi, les pétroliers du terminal de Supsa qui avaient participé au financement du gros œuvre, les députés de la région et le maire de Tbilissi. La route de Tsalka était devenue un symbole d'État. Les journaux favorables au gouvernement se félicitèrent d'une entreprise qui « hissait un village géorgien sur l'estrade où se dansait le tango de la mondialisation ». Les communistes hostiles à l'ouverture européenne s'indignèrent que des capitaux anglo-américains irriguassent le développement géorgien et déplorèrent que « les roues des Volga se commettent sur un bitume moins noir que les desseins de ceux qui le financent », pour reprendre l'expression du rédacteur d'une feuille stalinienne. La chaîne de télévision n° 1 filma la cérémonie du 21 juin. Une journaliste dépêchée de Tbilissi interviewa Édolfius. La fanfare joua des airs de Mingrélie et, malgré les réserves prévues par l'intendance, il n'y avait plus de saucisses à 16 heures. On faillit même manquer de vin et le maire dut avancer cash 250 $ à la tenancière du café pour qu'elle crève cinq fûts afin d'éviter la pénurie. Seul le pope Hilarion resta sur ses positions. Il ne se joignit pas aux réjouissances, resta devant l'icône puis sonna le glas au moment où le chœur de l'école entamait sur le podium l'*Hymne au goudron* composé par l'instituteur :

Tsalka la morte
Ressuscitée
Grâce au goudron
Qui nous emporte !
Tsalka dormeuse
Revigorée
Grâce à l'asphalte
Qui nous épate !

III

L'asphalte possède des propriétés darwiniennes. Son épandage modifie les comportements des groupes humains. Les villageois raccordés au reste du monde par le goudron rattrapent en quelques mois leur arriération. Tsalka connut cette accélération. Après deux semaines, les rues étaient méconnaissables.

Édolfius avait comparé l'asphalte à un cordon ombilical, c'était plus que cela : une aorte qui pulsait les mœurs d'en bas jusqu'à la lisière des alpages. Les enseignes lumineuses fleurirent. Des paraboles poussèrent dans l'encadrement des fenêtres. Un jour Tamara accrocha une pancarte « INTERNET HAUT DÉBIT » sous le portrait de Lénine. Dans les vitrines apparurent des produits dont on n'avait à peine soupçonné l'existence et qui s'avérèrent indispensables : des dessous féminins, des aquariums pour poissons tropicaux et des vélos d'appartement. Un panneau Pepsi-Cola clignota sur le fronton de ciment de l'arrêt de bus.

Certains villageois prirent des habitudes à la ville, d'autres y tinrent leurs quartiers. Le trafic était incessant. Les jeunes descendaient à Batoumi pour le week-end et rentraient le lundi au village. Les femmes y faisaient leurs courses le samedi. Édolfius ne toussa plus sur le chemin des champs. Pendant quelques jours, il conserva le réflexe de se courber en portant son mouchoir à la bouche quand une voiture le croisait puis il cessa de le faire.

Le flux des déplacements s'inversa au milieu de l'été et l'on vit bientôt davantage de grosses cylindrées monter vers le village que de vieilles bagnoles descendre vers le littoral. Le bruit avait très vite couru dans les quartiers cossus de Batoumi qu'un havre verdoyant niché au creux d'un vallon se trouvait à portée de volant. Les citadins s'aventurèrent dans les hauteurs, s'enhardirent au village. La pharmacienne ouvrit la première chambre d'hôte et bientôt, sur le pas des portes, on afficha les tarifs pour des séjours chez l'habitant en pension complète. À la mairie, on commença à envisager la construction d'une remontée mécanique. À l'automne vint le premier étranger : un Américain mormon qui portait la raie au milieu et une chemise blanche. Il tomba amoureux de la serveuse Tamara et n'essaya plus de convertir qui que ce soit. L'asphalte amenait du sang neuf. Tsalka vivait enfin.

Les jumelles d'Édolfius consumèrent leurs semaines en allers-retours. Tatiana trouva un emploi à Batoumi, au *Galant*, un bar du bord de mer pour Géorgiens enrichis. Du vendredi soir au dimanche, elle servait des *margaritas* à des Nouveaux Russes et des businessmen de Tbilissi qui portaient tous des chaussures vernies à bouts carrés et des boutons de manchette en verre. Elle avait des yeux violets, et une façon de porter ses minishorts qui rendait fous les clients : on aurait cru que le contact du tissu sur sa peau lui était intolérable. Bustan, un affairiste de trente-trois ans enrichi dans l'export du nickel, passa cinq week-ends de suite à la manger des yeux et la fit passer de l'autre côté du comptoir le sixième. Il se faisait servir du veuve-clicquot directement dans le seau et roulait dans un Hummer blanc crème. Tatiana ne comprit jamais pourquoi le négoce en nickel justifiait qu'on circulât avec un .45 dans le vide-poches et un gorille à lunettes noires à l'avant, mais elle ne posa aucune question car Bustan était gentil avec elle, ce qui détonnait dans le merdier postsoviétique, où les mecs ne s'intéressent qu'à la chatte des filles et leur parlent comme à des chiens.

Un lundi matin d'automne, Bustan vint à Tsalka. Le jeune businessman rencontra Édolfius et offrit des lys roses à la mère de Tatiana. On apprécia le jeune homme bien qu'on lui jugeât les mains douces et l'allure trop grasse. Il n'avait jamais vu de cochon en vrai et la porcherie qui jouxtait l'ancien club de la culture imprima dans sa mémoire et sur le cuir de ses Berluti une indélébile impression. Il revint à la fin de la semaine suivante pour chercher Tatiana et peu à peu l'habitude s'installa : il arrivait le vendredi soir, emportait sa paysanne, la baisait pendant deux jours face à la mer et la reconduisait au village le lundi matin.

Autrefois, la piste contraignait d'aller lentement. On connaissait chaque pouce carré du paysage, on n'y déplorait jamais d'accident, on avait tout le temps, on n'avait pas le choix. Sur l'asphalte flambant neuf, c'était différent, tout le monde fonçait, ça chauffait le sang. L'accélérateur vengeait les villageois de décennies de cahots. Certains d'entre eux étaient pris de rage. Moins ils étaient occupés et plus ils mettaient les gaz. Les purs oisifs étaient les pires. Ils s'acharnaient à quitter le plus vite possible des endroits où il ne se passait rien pour rallier comme des fusées des lieux où ils n'avaient pas plus à faire.

Bustan chronométrait ses allers-retours entre la ville et Tsalka. Le Hummer n'était pas la machine la plus appropriée pour exploser les records, mais il était descendu jusqu'à quarante-six minutes et comptait améliorer le score. Tatiana n'avait jamais vu d'accident, la vitesse ne l'émouvait pas. Elle réussissait même à se vernir les ongles des deux pieds pendant le temps du trajet.

Le drame eut lieu un vendredi d'octobre, quatre mois après l'inauguration. Le Hummer rugissait vers Batoumi. Ce soir-là, Bustan était bien parti pour descendre sous la barre des quarante-cinq minutes. Il avait passé les lacets. Il pourrait encore accélérer une fois atteint le fond de la vallée. Il tarda à se ranger dans le dernier virage juste avant le pont, et écrasa son véhicule contre un camion qui montait en sens contraire. Il n'y eut même pas la place d'une seconde pour un coup de frein, un réflexe ou un dérapage. Les corps furent éjectés, personne ne souffrit. L'écho du fracas emplit le sous-bois pendant une dizaine de secondes et le silence revint. Les carcasses de tôles fumaient, les plaies des corps aussi. Tatiana gisait sur le goudron. Les plis de sa robe rouge soulevés par la chute étaient retombés en se déployant comme une corolle autour de sa taille. « Des pétales sur la route », pensa le médecin en arrivant une heure après avec l'équipe de secours.

Édolfius fut à peine étonné que la voiture de flics se range contre son champ. Les miliciens aimaient sa compagnie, ils passaient parfois boire un verre chez lui. Le sergent monta sur le remblai de la parcelle.

— Tu t'en jettes un ? J'ai une bouteille dans le sac, dit le vieux paysan.

— Édolfius, il y a eu un accident mortel, dit le sergent.

— Où ?

— Au kilomètre soixante-cinq, juste avant le pont.

— Grave ?

— Mortel, je te dis !

Édolfius ressentit une petite contraction à la poitrine.

— Qui ?

— Ta fille, Tatiana. Elle est morte sur le coup, le corps est à Batoumi, il sera porté au village tout à l'heure.

Le cadavre de Tatiana arriva à neuf heures du soir dans un fourgon de la milice. On l'installa dans la chambre des jumelles. Les voisines déshabillèrent la jeune fille et la vêtirent d'une aube blanche. Le visage avait déjà la couleur des bougies. La pharmacienne partit cueillir du millepertuis dans son jardin. Le frère d'Édolfius, l'instituteur, Tamara et son mormon, le sergent, le maire, les proches et les voisins se pressaient dans la maison. On s'attaquait aux formalités, on remplissait les papiers. Les morts compliquent la vie. On convint d'obsèques pour le dimanche suivant, ce qui laissait quarante-huit heures pour veiller le corps. La mère était prostrée dans un fauteuil, les paupières déjà violettes au bout de deux heures de chagrin. Oxanna s'était enfermée dans la chambre de ses parents et refusait d'ouvrir. Sur le perron, Édolfius s'abrutissait de cognac. On s'écarta pour laisser rentrer le pope Hilarion. Il leva sa main baguée d'argent, demanda le silence.

— J'avais prévu ce qui est arrivé. Cette route est la langue du démon. Tatiana est la martyre de l'asphalte. Prions.

Il bénit l'assemblée, les femmes et les hommes se signèrent. Commencèrent les lentes litanies de l'office des morts de l'Église géorgienne autocéphale. À onze heures du soir, quelques-uns s'inquiétèrent de préparer le souper. La mère pleurait toujours. On la laissa se vider par les yeux et la sœur d'Édolfius alla chercher une dame-jeanne de vingt litres de vin rouge, du pain et un jambon dans la réserve de la famille. On organisa des tours de garde pour se relayer alternativement autour du corps et du jambon. À minuit, on s'aperçut qu'Édolfius n'était plus sur le perron. Le sergent l'appela dans la nuit. Vingt-sept chiens se réveillèrent et hurlèrent en même temps.

*

Édolfius identifia immédiatement l'endroit à la lueur des phares. Les services de la voirie avaient déblayé la route, mais il restait des débris de tôles sur les bas-côtés.

Des troncs et des branches cassés traçaient des zébrures claires dans l'épaisseur de la forêt. Des débris de verre scintillaient sur l'accotement. Il contempla cet endroit où il était passé des centaines de fois. Le cognac l'abrutissait mais il conduisait la pelleteuse d'une main sûre. Il avait tellement observé les ouvriers que la machine n'avait plus de secret pour lui. Il n'avait pas eu plus de difficulté à la démarrer qu'à l'amener jusqu'ici. La *pelle sur pneus* américaine modèle M3222D de 22 tonnes appartenait à la mairie. Sur le capot, un slogan s'étalait en lettres jaunes et noires : « *Caterpillar* : L'AVENIR DU PROGRÈS ». Et un autre gravé sur le pare-brise en verre : « RENDRE POSSIBLE LE MONDE DE DEMAIN ». L'entrepreneur avait cédé ce bijou au maire moyennant son témoignage officiel dans le faux constat d'accident qui fut envoyé à l'assureur le lendemain de l'inauguration.

La pelle d'acier tomba sur la chaussée de toute la force du levier hydraulique. Les dents pénétrèrent jusqu'à la couche de graves et en arrachèrent une énorme plaque. Le bras articulé se redressa. Les mottes de bitume volèrent à la cime des pins et la pelle retomba, cura la sous-couche d'asphalte, et en décolla une nouvelle feuille. Édolfius sanglotait, secoué sur le fauteuil à suspension. Le bulldozer avançait mètre après mètre, laissant derrière lui une charpie de gravats. Les cylindres chauffaient, les crocs mordaient la terre. Chaque choc ébranlait la machine. La poussière noire collait aux traînées de larmes sur les joues d'Édolfius. Au bout d'une heure, il avait défoncé les trois cents mètres qui le séparaient du pont. Il engagea les roues avant de la machine sur le tablier et en six coups de pelle le fit exploser. Édolfius hurla, cogna la cabine de ses poings et sortit dans la fraîcheur de la nuit, épuisé. Il plongea la tête dans la rivière, regagna la pelleteuse, fit demi-tour en remontant la tranchée qu'il avait ouverte et rentra à Tsalka.

Il était trois heures du matin quand la machine tomba en panne d'essence à deux kilomètres du village. Il marcha vingt minutes en fixant les lumières, les mains derrière le dos, dégrisé mais ivre de chagrin. Il s'était vengé. Il ajoutait au florilège des gens qui frappent du poing le rebord de la table où ils viennent de se cogner, ou bien cassent le poste de téléphone qui apporte les mauvaises nouvelles, une autre catégorie de justiciers : ceux qui bousillent la route sur laquelle leurs proches ont péri.

C'était lui-même qu'il avait puni en détruisant l'asphalte. Il se jura d'attaquer à la pioche l'intégralité de la route, dès le lendemain, jusqu'à s'en faire saigner les mains. Il défoncerait le moindre pouce carré de ce goudron dont il avait été le promoteur et sur lequel sa fille venait d'être immolée.

L'agitation qui régnait chez lui ne convenait pas à une nuit de veillée mortuaire. Des voitures étaient garées devant l'entrée, phares allumés. On entendait des cris. Édolfius remarqua qu'on installait un corps à l'arrière d'une fourgonnette. Il s'approcha et apparut dans la lumière des phares.

— Où étais-tu, malheureux ? cria le sergent.

— Ton autre jumelle ! dit la voisine. Elle s'est ouvert les veines ! De chagrin !

— Mais on peut la sauver, coupa Tamara.

— Oui, dit la pharmacienne ! Si on arrive en moins d'une heure à la ville !

Les porcs

They have convinced themselves that man, the worst transgressor of all the species, is the crown of creation. All other creatures were created merely to provide him with food, pelts, to be tormented, exterminated. In relation to them, all people are Nazis ; for the animals it is an eternal Treblinka.

Isaac B. Singer, *The Letter Writer.*

UNE LETTRE POSTÉE DE KENTBURY ÉTAIT PARVENUE CE MATIN-LÀ AU TRIBUNAL DE SHIPBURDEN, À L'ATTENTION SPÉCIALE DE L'ATTORNEY DU CHEF-LIEU.

« Cher Monsieur,

Ce n'était pas pour en arriver là !

De père en fils, nous vivons ici, comme nos grands-parents et comme les parents de nos grands-parents et même plus loin dans le passé, comme les fondateurs de notre famille. Dans notre sang, la vigueur des fermiers. Ceux qui ont dépierré les champs, levé les murets, préservé les carrés de forêts et prospéré sur ce calcaire. La question du destin ne se posait jamais :

les gosses reprenaient la ferme des pères. Ils travaillaient dur et se montraient dignes. J'ai hérité de la mienne en 1969.

Le Dorset était un paradis, la vie était douce.

Qu'avons-nous fait et qui est coupable ?

Comment avons-nous pu laisser l'enfer s'inviter sur ce carré de terre ?

Je ne veux plus entendre leurs cris. Je ne peux plus les supporter.

Ils vivent dans l'obscurité en permanence. Lorsqu'on fait coulisser la porte à glissière, ils entendent le grincement et commencent à geindre. Leur plainte gonfle dans le noir. Elle fait comme un rempart qu'il faut forcer pour entrer. Quand ils sentent qu'on pénètre sur les rampes de grillage, ils ruent dans les cages, se cognent aux barres. Le fracas du métal se mêle aux hurlements. La clameur monte en intensité. Je ne veux plus de ces cris : c'est un bruit monstrueux, absurde, un son que la loi de la nature interdit.

La nuit, les cris sont dans ma tête. Ils me réveillent, vers une heure, après le premier sommeil. Mes cauchemars sont l'écho de ce mal.

Les choses ont commencé il y a quarante ans. Il y a eu la première ferme intensive et les autres éleveurs ont emboîté le pas. Ensemble, cela n'aurait pas été difficile de résister. On serait resté un peu à la traîne. On aurait continué comme avant et les tendances du monde auraient glissé sur nous. La difficulté n'est pas de rester à quai, mais de voir son voisin monter dans le train du progrès sans vous. C'est le mimétisme qui a couvert le Dorset de hangars à cochons.

La campagne s'était trouvé de nouveaux chefs, des types qui la réorganisaient dans leurs bureaux. De Londres, de Bristol, ils sont venus nous convaincre que l'avenir était dans la production en batterie. Ils disaient qu'aujourd'hui un éleveur doit nourrir des centaines, des milliers de gens entassés dans les villes. La planète n'a plus la place pour le bétail, les hommes n'ont plus le temps de le mener au pré. Sur la même surface, désormais, la technique permettait d'augmenter les rendements ! Il suffisait de ne plus exiger de la terre qu'elle fournisse sa force aux bêtes, mais de leur apporter l'énergie nous-mêmes, sur un plateau !

C'était une révolution. Car nous avions été élevés par des gens qui croyaient à la réalité du sang. Jusqu'ici, les bêtes que nous mangions se nourrissaient d'une herbe engraissée dans le terreau du Dorset, chauffée au soleil du Dorset, battue par les vents du Dorset. L'énergie puisée dans le sol, pulsée dans les fibres de l'herbe, diffusée dans les tissus musculaires des bêtes irriguaient nos propres corps. L'énergie se transférait verticalement, des profondeurs vers l'homme, *via* l'herbe puis la bête. C'était cela *être de quelque part* : porter dans ses veines les principes chimiques d'un sol. Et voilà qu'on nous annonçait que le sol était devenu inutile.

Ils nous serinaient leur slogan préféré : “Il faut transformer le fourrage en viande.” J'y ai cru. Nous y avons tous cru. Nos yeux ont changé.

Lorsqu'on me livrait les sacs de granulés, je voyais des jambons.

Nous avions du respect pour ces sacs : ils représentaient de la viande. Nous avions de la considération pour la viande : elle représentait de l'argent. Nous avons oublié qu'au milieu il y avait les bêtes. Nous les avons annulées. Et c'est pour cela que nous les avons privées de lumière.

Nous les avons parquées dans des cages où elles ne pouvaient ni avancer, ni reculer, ni se retourner, ni se coucher sur le flanc. L'objectif était qu'elles se tiennent parfaitement immobiles car le mouvement gaspille l'énergie. Pour que le processus de fabrication des protéines fonctionne à bon rendement, il faut éviter les déperditions. Déplace-t-on les usines à tout bout de champ ? Les cochons étaient des usines. Solidement implantées.

Chaque innovation a son inconvénient, mais chaque inconvénient sa réponse. L'immobilité rendait fous les cochons ? Je les shootais aux antidépresseurs. L'ammoniaque du lisier leur infectait les poumons ? Je mélangeais des antibiotiques à leur ration. Il n'y avait rien qui n'eût sa solution. Et ce qui n'avait pas de solution n'était pas vraiment un problème.

Les porcs était engraissés pendant vingt semaines. Les pelletées de granulés moulus que je balançais dans les stalles pleuvaient sur les dos roses. La poudre se prenait dans les soies. Ils avaient pris l'habitude de se secouer pour faire retomber la farine alimentaire. Il paraît que l'homme s'habitue à tout. Le cochon, non.

Même après vingt semaines, ils continuaient de mordre leurs barreaux. Comme pour les couper. La question est de savoir si un homme a déjà enduré pareille souffrance. Il y a un écrivain juif qui prétend que oui.

Les plus angoissés étaient les porcelets. On les sevrait au bout de trois semaines pour inséminer à nouveau les mères. En deux ans, une truie donnait cinq portées. À la dernière, c'était l'abattoir. Pour la tétée, la femelle se couchait sous une herse mécanique. Les petits avaient accès aux mamelles à travers les barreaux. C'était leur seul contact avec leur mère. Ils se battaient et, pour qu'ils ne se mutilent pas à mort, je leur arrachais à vif la queue et les incisives. Le problème lorsqu'on transforme les granulés en viande, c'est qu'on métamorphose les porcelets en loups.

L'immobilité avait une autre conséquence. Les membres s'atrophiaient. Les muscles des pattes fondaient. Certaines truies, gonflées à craquer de lait et de viande se soutenaient à peine sur leurs membres débiles. Parfois, lors des inspections, je me demandais si nous n'étions pas en train de fabriquer une nouvelle race. J'avais lu dans le *Daily Observer* que l'homme moderne n'avait pas terminé son évolution. Assis devant ses ordinateurs dans des pièces surchauffées, il continue à grandir. Ses bras s'allongent, ses os s'affinent et son cerveau grossit. Qui sait si nos descendants ne ressembleront pas à des êtres aux corps mous avec des cortex surdéveloppés, des yeux énormes et une main unique tapant sur des claviers ?

En se débattant, les cochons se cognaient, certains s'éborgnaient. Les plaies s'infectaient et le pus ruisselait. Des chancres couvraient l'intérieur des membres. Les hémorroïdes couronnaient les anus d'une pulpe pareille à celle des grenades. Tant que les infections ne gâtaient pas la chair, elles m'importaient peu. Sous les couennes couvertes de bubons, la viande reste saine. Dans la pénombre, on ne distinguait pas grand-chose.

Sous la voûte du hangar, la charge magnétique de la violence s'accumulait. La bulle gonflait, mais n'éclatait jamais. La souffrance extrême ne rend pas docile. Elle rend dingue. Nos usines étaient des asiles. Certains porcs devenaient dangereux, ils attaquaient leurs congénères. Les cages avaient été conçues pour les immobiliser, elles servaient à présent à les protéger les uns des autres. Seuls les porcelets vivaient ensemble. Quand l'un d'eux mourait, on se hâtait de retirer le cadavre. Les autres l'auraient dévoré.

Herbert Jackson fut le premier. Il tenait une grosse exploitation en bordure du Fiddle, un ruisseau sur les rives duquel paissaient jadis des troupeaux. Les anciennes pâtures rapportaient bien. Puis on les avait vidées de leurs bêtes et mises en jachère. Herbert ressentit les premiers symptômes de la dépression au début de la sixième année d'élevage intensif. On l'aida comme on pouvait. Il consulta des médecins, se bourra de médicaments, embaucha un second manœuvre pour lever un peu le pied. Mais rien n'y faisait. Il nous disait qu'il commençait à avoir peur de lui-même, que ce n'était pas pour cela qu'il avait choisi le métier et qu'il sentait bien que quelque chose nous échappait. Il employait de grands mots, parlait de "trahison".

Le directeur de notre syndicat était intelligent, il savait quoi répondre. Un jour, à la réunion annuelle, il demanda le silence et s'adressa à Herbert en public. Il annonça qu'il fallait "lever des malentendus". Il expliqua qu'une bête qui n'a jamais connu la vie au grand air ne peut pas souffrir d'en être privée. Puis il dit que nous ne pouvions rien contre une société où il semble normal aux gens de trouver le kilo de viande à cinq livres. Nos pairs ne considéraient pas que la viande valût davantage. Ce n'était pas nous qui avions changé, mais la valeur des choses qui n'était plus la même. Lorsqu'une tranche de viande était une conquête, un porc avait une valeur. Lorsqu'une tranche de viande est une habitude, un porc devient un produit. Lorsqu'une tranche de viande devient un droit, le porc perd les siens.

Herbert lui rétorqua que la souffrance n'était pas affaire d'expérience et que les gènes d'un animal qui n'a jamais connu le jour ne le prédisposent pas pour autant à la nuit perpétuelle. La biologie n'avait pas programmé les porcs pour subir l'engraissement, la promiscuité et l'immobilité. Les bêtes enfermées avaient certainement la prescience de ce que représentait la liberté.

Le directeur avait haussé les épaules et brandit un livre intitulé *Porcs, chèvres, lapins*, un ouvrage de zootechnie publié dans les années 1920 par un certain Paul Diffloth. Il avait lu un passage à haute voix : “Les animaux sont des machines vivantes non pas dans l’acception figurée du mot, mais dans son acception la plus rigoureuse telle que l’admettent la mécanique et l’industrie.” Il avait tendu l’exemplaire à Herbert et lui avait dit :

— Lis ça et reprends-toi.

À partir de ce moment on avait davantage vu Herbert au pub que dans sa ferme et il avait fini par tout vendre avant les Pâques de l’année suivante.

Lorsque les camions venaient charger les bêtes, la cohue était indescriptible. C’était bizarre de les voir refuser de quitter cet enfer. On les chargeait en paquet dans les bennes. Les hurlements devenaient indescriptibles. Les chauffeurs les haïssaient encore plus que nous. Ils tabassaient les récalcitrants, insultaient ceux qui faisaient perdre du temps. En 1980, on a commencé à utiliser des matraques électriques pour accélérer les chargements. On brûlait le trou du cul pour ne pas abîmer les couennes. Sous les décharges, les porcs se cabraient, bondissaient dans le tas, se frayaient passage en hurlant dans la muraille de viande. Beaucoup ne survivaient pas.

Parfois, la nuit, sur la route de Londres, je croisais les camions. Ils glissaient silencieusement sur l’asphalte. Dans le faisceau des phares, je voyais les groins passer par les fentes des planches. Les porcs sentaient l'air du dehors pour la première et dernière fois de leur vie. Les convois traînaient dans leur sillage un fumet âcre. Une odeur que je connaissais bien. La même que la mienne. J'avais fini par en être imprégné. Je puais de partout.

Les journées ont pesé de plus en plus. Chaque aube devenait plus sombre à la perspective des heures à vivre. Les nuits, elles, restaient blanches.

Le seul être que j'ai rendu heureux est mon chien. Le setter me fêtait lorsque je rentrais à la maison, et nous courions les bois, le soir. Un jour, mon fils Ed m'a lu un article où l'on décrivait le cochon comme un animal sensible et altruiste, aussi intelligent que le chien et très proche de l'homme en termes génétiques. Il m'a montré le journal avec un regard de défi. Je lui ai arraché et lui ai dit de ne plus jamais parler de ces choses. Plus tard, il a refusé d'entrer dans le hangar et, à la rentrée des classes, un professeur du collège m'a téléphoné pour s'étonner qu'à la ligne "profession du père" mon fils n'ait rien voulu inscrire.

*

« J'ai supporté cette cruauté quarante ans. Que dis-je ? Je l'ai organisée, régentée et financée. Chaque matin, je me suis levé pour contrôler le bon fonctionnement d'une arche de ténèbres. Chaque soir je suis rentré chez moi pour m'occuper de mon enfant et le regarder grandir.

Lorsque nous dînions, à table, l'idée ne me

quittait pas que là, à trois cents mètres dans mon dos, se tenaient des bêtes encagées, embourbées dans les immondices, enfiévrées de terreur et rendues folles d'inaction. J'ai perdu l'appétit.

La maison était agréable. Le feu brûlait dans la cheminée. Tout ce que j'avais bâti s'enracinait dans la souffrance.

Mes complices ? Mes congénères. Le samedi, j'allais au *mall* et je les observais jeter nonchalamment la viande sous plastique dans les Caddie. Le plastique protège la conscience. S'ils avaient su, c'eût été notre faillite. L'édifice ne repose pas sur le mensonge mais sur l'ignorance.

J'ai réussi un exploit : en quarante ans, ne jamais regarder un porc dans les yeux. J'aurais risqué de croiser un regard. Ne jamais laisser s'immiscer dans l'esprit l'idée que chacune de ces bêtes est un individu. Ne raisonner qu'en masse. Ne penser qu'à la filière.

Lorsque je me suis aperçu que je haïssais mes bêtes, je compris que Herbert avait raison. Nous avions inventé un élevage où l'animal est l'ennemi. Aujourd'hui, l'éleveur abaisse.

Nous avons rompu l'équilibre, trahi le lien charnel. Le sang qui coule dans nos veines ne sourd plus de la terre du Dorset. Il y a une dalle de béton sous le sabot des bêtes.

Je ne peux plus dormir. Les cris me réveillent. Il semble que l'odeur ne veut pas disparaître de mes mains.

Il y a cinq mois j'ai cessé l'exploitation. Et je viens juste de vendre la ferme. L'avenir de mon fils Ed est entre ses mains : un beau capital lui reviendra à sa majorité. Je compte sur sa mère, de qui je me suis séparé il y a quinze ans, pour l'aider à trouver une voie qui ne soit pas la mienne. Je lui souhaite de ne pas s'égarer.

J'ai trouvé mon arbre. Il se tient en bordure du Fiddle. Du sommet, on voit le fil des méandres onduler entre les parcelles et les dômes en demi-cylindres des hangars d'élevage. Je rêve que les portes de tôles s'ouvrent un jour et que les taches de pelage refleurissent sur le tapis d'herbe.

Pour dernier séjour, je choisis un poste de hunier après avoir occupé celui de soutier de l'enfer.

Cette lettre a été postée à l'attention de l'*attorney* de Shipburden le 18 juillet et lui parviendra dans quelques jours. Il la remettra à la mère de mon fils, qui en fera l'usage qu'elle veut.

Quand on lira ces lignes, je me serai pendu depuis un moment. Et il faudra encore du temps pour me retrouver.

Je souhaite exposer mon corps à la lumière du soleil, à la caresse du vent, au frôlement des branches et au murmure du Fiddle. À tout ce dont j'ai privé mes bêtes.

J'offre ma chair aux corbeaux. Je connais ceux de la région. Ils sont nombreux, intelligents et voraces. Ils viendront se servir au matin du deuxième jour. Avant de s'approcher, ils se posteront sur les chênes alentour pour observer les lieux. Puis ils s'enhardiront jusqu'à mes épaules. J'oscillerai un peu au bout de la corde.

Ensemble, nous rétablirons l'équilibre.

À chaque coup de bec, je m'acquitterai de ma dette.

Edward Oliver Nowils,
Kentbury, 19 novembre 2000. »

La statuette

> « Mais si impliquée soit-elle dans la vie des hommes,
> elle ne cesse pourtant de demeurer la reine vagabonde de la solitude,
> l'enchanteresse et la sauvage, l'inapprochable et l'éternellement pure. »
>
> Walter Friedrich Otto,
> *L'esprit de la religion grecque ancienne.*

La colonne avançait sur la bordure du champ. L'aube éclairait les seigles. Le vent du nord rabattait les effluves de l'Amou-Daria. Ce fleuve, plus vieux que les hommes, pue la sueur de bétail et le limon brûlant.

Les Afghans parlaient fort et portaient beau. Certains fredonnaient, d'autres fumaient. Celui qui guidait la procession leva le bras.

— On attend là !

Ils s'accroupirent et regardèrent la grève naître au jour. Ils avaient des yeux gourmands. Pour certains, ce matin-là était le dernier. Depuis deux ans, une loterie se jouait dans les champs. Personne ne savait à qui serait destiné le prochain coup de faux. Ils allaient vers le sort avec légèreté, volontaires en sursis, jouissant de chaque instant. C'est ainsi que marchent les démineurs vers les théâtres à nettoyer.

Les mines avaient été posées par les arrière-gardes de l'armée talibane refluant sous la poussée du Front islamique. Les Écossais inventèrent la cornemuse pour accompagner leurs retraites. On sème ce qu'on peut derrière soi : des œuvres, des souvenirs, des lamentations. Les Talibans, c'étaient des mines. Ils en truffaient les endroits qu'ils abandonnaient. Elles sommeillaient sous quelques centimètres de terre, tubercules invisibles.

Une mine est une sentinelle exemplaire. Elle se tient à son poste pendant des décennies, à l'affût, sans rien réclamer. Même l'araignée finit par se lasser d'attendre sa proie. La mine, soldat sans besoins.

Il y en avait une double ligne sur la rive gauche du fleuve. Les habitants, réfugiés de l'autre côté, commençaient à retourner à M… Le village, balafré par la ligne de front, avait été libéré trois mois auparavant. Les gens retrouvaient des maisons détruites, des champs calcinés, des jardins éventrés et se réinstallaient dans les ruines. Ils faisaient comme si de rien n'était et la vie reprenait.

Souvent c'étaient les enfants qui mouraient : des garçons qui couraient après un ballon, des fillettes remontant du fleuve un bidon sur la tête. Un enfant qui saute, c'est un spectacle qu'on n'accepte pas. Les mères s'enfermaient dans l'une de ces pièces où la lumière n'entre pas et attendaient en vain, gémissant dans la fraîcheur, que la douleur s'estompe. Au début de l'automne, l'organisation britannique de déminage ABUS (A Bridge Between Us) avait envoyé une équipe pour assainir le hameau.

L'ambulance arriva et se rangea sur le côté de la route conformément aux précautions d'usage. L'opération pouvait commencer. Les hommes se déployèrent dans les champs qui ceinturaient le village. C'étaient des parcelles qui depuis deux décennies n'avaient connu que le labour des obus. En contrebas, l'Amou-Daria, couleur aragonite.

Sur ses rives, les avant-gardes macédoniennes en marche vers l'Indus avaient dressé leurs faisceaux. Puis les princes hellénistiques avaient bâti des temples pour louer Athéna de les avoir menés sous des cieux si lointains. Parfois, les démineurs mettaient des vestiges au jour. Le lœss régurgitait une feuille d'acanthe, un socle de colonne et même un chapiteau. Dans les fermes des alentours, il n'était pas rare qu'une frise sculptée serve de linteau à une étable ou une statue apollinienne, de chambranle de porte.

Zaher s'était vu attribuer le coin nord-ouest de l'ancien verger. Au bout d'une demi-heure de travail, il souleva sa visière de protection pour s'éponger le front. Le gilet de kevlar commençait à peser sur son dos. La pause était encore loin. Le soleil frappait et l'ocre des murs commençait à blanchir. Zaher rêvait du coup de sifflet qui l'enverrait à l'ombre des camions. Il pourrait ôter son caparaçon, boire du thé, griller une cigarette. Il pensa à Jazé et la contrariété qui l'élançait sourdement se cristallisa dans son esprit : hier sa femme avait accouché d'une cinquième fille. Jazé, pâle et les joues creuses, l'avait regardé et sa voix s'était faite douloureuse :

— Bientôt, bientôt je te le jure, je t'offrirai un fils !

Mais lui n'avait que faire des implorations et des promesses. Il était sorti de la maison et avait piétiné le sol de rage. De quoi s'était-il rendu coupable pour que Jazé n'engendre rien d'autre que ça ? Pourquoi Dieu le forçait-il à vivre dans les chuchotements ? Sa maison était triste. Le silence et la futilité y régnaient. Amanullah son voisin avait quatre fils ! Zaher se souvenait très bien de la naissance du premier. Amanullah était venu lui montrer le nouveau-né et, le visage radieux, avait dit :

— Maintenant je peux avoir n'importe quoi.

Le Ciel ensuite, avec la régularité des saisons, n'avait cessé de combler le voisin.

Dieu n'est pas injuste. Il fallait donc comprendre ce qui n'allait pas.

À la naissance de la seconde fille, Zaher avait cru que Dieu lui reprochait d'exposer sa vie. Le déminage est une danse sur le fil. À Kunduz, une bombe russe de deux cent cinquante kilos, reliée par des câbles à une mine antipersonnel, avait explosé en fauchant trois démineurs. L'accident avait bouleversé Zaher. Peut-être l'homme n'a-t-il pas le droit d'engager son existence aux lisières du danger ? Jazé avait suggéré à son mari de quitter l'organisation :

— Fais-le pour le fils qui sera ta joie, avait-elle dit.

Zaher avait démissionné d'ABUS et s'était loué à ses voisins. Pendant que le ventre de Jazé gonflait, il avait peiné sur les restanques de l'Hindu Kuch. Au village, on maniait l'araire de l'aube au couchant, été comme hiver, pour arracher quelques quintaux de seigle à des carrés pierreux. Un mois de déminage rapportait deux cents dollars : ce que Zaher gagna en neuf mois penché sur la charrue. Au moment des moissons, la troisième fille était née.

Zaher était revenu frapper à la porte de l'organisation.

— Je veux revenir.

L'officier du recrutement l'avait reçu avec bienveillance.

— Tu veux recommencer ? Les champs ne paient pas ?

— Tu te moques ? La terre ne donne rien.

— C'est parce que tu manques d'initiative, Zaher. Le pavot ! voilà l'avenir. Tant qu'il y aura du désespoir en Occident, le pavot fleurira ici.

— Je veux reprendre ma place, chef. Je suis un démineur, pas un paysan.

— Soit, demain, cinq heures, nettoyage du village de Rafit.

— J'y serai, merci.

Il avait donc renoué avec l'alternance des pauses à l'ombre des camions et des heures passées accroupi dans le lœss, retrouvé cette angoissante excitation que n'offre pas le solfège monotone des travaux agricoles. Il avait senti à nouveau la décharge d'acide dans le ventre lorsque le détecteur sonnait ou que le métal de la lame cognait contre le bord d'un petit engin.

Zaher travaillait à genoux dans la poussière. Le soleil était au zénith. Les ombres se tapissaient. Sous le plexiglas régnait la fournaise. La visière était censée le protéger en cas d'explosion. En réalité, elle aurait éclaté en lui emportant le visage. Les directives de l'organisation étaient formelles : malgré leur inefficacité, il fallait porter les protections. La sueur brûlait les yeux.

Le détecteur sonna. À quelques centimètres de la surface, une chose reposait qui pouvait aussi bien être une douille d'obus qu'une mine. Le cœur du jeune Afghan s'emballa : prélude aux rendez-vous. Il rabattit les pans de sa chemise, cerna l'objet en sondant obliquement le sol avec une tige rigide. En cognant le métal, la baguette émit un cliquètement étouffé. Zaher vérifia au détecteur la position de l'objet et constella le limon de repères de bois. S'il s'agissait d'une mine soviétique de type PMN comme il en dormait des tombereaux dans les environs, une pression de trois kilos suffisait. Le passage d'un chien faisait l'affaire. Il continuait à interroger le sol avec des gestes d'acupuncteur.

La quatrième fille était arrivée l'an dernier à la fin de l'hiver. Les sœurs de Jazé, venues pour aider à la délivrance, avaient pleuré. La maison avait résonné de leurs lamentations. Un visiteur aurait cru qu'on y portait le deuil. Pendant un mois entier, il avait refusé de voir l'enfant et la mère. La nuit, les tourments l'empêchaient de dormir. Pour se soulager, il remâchait sans relâche les versets cinquante-huit et cinquante-neuf de la sourate seize : *Et lorsqu'on annonce à l'un d'eux une fille, son visage s'assombrit et une rage profonde [l'envahit]. Il se cache des gens, à cause du malheur qu'on lui a annoncé. Doit-il la garder malgré la honte ou l'enfouira-t-il dans la terre ? Combien est mauvais leur jugement !* La sainte Parole lui redonnait courage. Mais aussitôt il se souvenait que *les hommes sont supérieurs aux femmes à cause des qualités par lesquelles Dieu a élevé ceux-là au-dessus de celles-ci*[1] et il retombait dans la perplexité. Torture au matin de ne pas trouver dans le Livre d'infaillibles baumes à ses questionnements.

Depuis qu'il détruisait les mines, Zaher se les représentait en esprit dès qu'il les détectait. La force d'un démineur est l'abstraction. Ses yeux prolongent la baguette de métal. Il visualise l'objet, le crée en pensée tel qu'il se terre. Après avoir sondé le sol, Zaher conclut que la mine de ce matin était installée d'une étrange façon. Il crut d'abord que deux engins avaient été empilés l'un sur l'autre. C'eût été parfaitement inutile. Si l'on

1. Le Coran, IV, 38. Toutes les traductions du Coran sont tirées de l'édition de Kasimirski (Garnier-Flammarion).

voulait augmenter la puissance de destruction, il suffisait de relier les mines entre elles. En y adjoignant des bombes, des TM 62 antichars et des grenades, on fabriquait de redoutables colliers de feu. On pouvait accoupler les engins les plus divers sur une ligne de cinquante mètres. Un seul mauvais pas suffisait pour que le dispositif explose en série et soulève le sol. Zaher avait confectionné semblables chapelets quand il s'était battu contre les Russes.

Il se souvint du jour où un groupe de soldats communistes avaient sauté sur un *bobby trap*. Protégé derrière le muret d'une ferme, il avait croisé le regard d'un garçon blond. Les éclats du piège lui avaient entaillé le ventre. Le jeune soldat était mort en disant « Maman ». En général, les morts s'acquittent par ce dernier mot de leur première vision. « Maman » était le seul mot que Zaher connaissait dans une langue étrangère.

Mais ce matin nul *bobby trap*. L'examen ne révélait aucun câble, aucun raccord. En époussetant le lœss, il mit au jour un gros galet de grès. La pierre affleurait presque mais quelques années de vent et de poussière l'avaient dissimulée au regard.

Nouveau coup de sonde. Il n'y avait aucun interstice entre le socle du galet et la membrane supérieure de la mine. La pierre tenait en équilibre sur l'engin. On l'avait placée délibérément ainsi. Il déblaya encore. Un entrelacs sculpté apparut : une chevelure de femme. Le galet était une statuette.

La pensée de Jazé à nouveau à l'esprit ! Que faire ? Dans quelques mois, elle serait enceinte. Et si elle lui donnait une sixième fille ? Il se préfigurait le cauchemar. Que diraient les voisins ? Les sourires apparaîtraient au coin des lèvres. On en viendrait à douter de sa virilité. Il y avait forcément un lien mystérieux, une correspondance physiologique entre la vigueur de la semence et l'engendrement des petits mâles.

Ou bien était-ce Jazé qui péchait ? Sa matrice n'était peut-être bonne qu'à produire des filles. Son ventre, un désert stérile dans lequel il s'était égaré par mégarde ? *Les femmes sont votre champ. Cultivez-le de la manière que vous l'entendrez*[1]. Pourquoi n'arrivait-il pas à faire naître ce qu'il voulait de ce labour là ? Il aurait donné une jambe pour un fils. Même les deux. Il y avait dans le village un homme qu'on avait amputé après l'explosion d'une roquette antichar. Il vivait sur une chaise roulante, les moignons enveloppés dans des linges. Ses fils le sortaient le matin à l'ombre du mûrier, et le soir ils le promenaient à tour de rôle, le conduisaient à la mosquée. Il n'avait pas l'air malheureux.

Zaher creusa la poussière. Le rebord métallique d'un cylindre kaki apparut. C'était une MS3 russe : une ancienne connaissance, une mine à double détente dont on amorce le détonateur d'une pression et qui explose lorsqu'on

1. *Ibid.*, II, 223.

relâche l'appui. La vieille copine de nombre de culs-de-jatte des rues de Kaboul. En Afghanistan, les Russes s'en étaient servis contre les résistants musulmans. Puis les Moudjahidin l'avaient utilisée entre eux. Les Talibans avaient terminé d'en écouler les stocks.

Les combattants les plus ingénieux les employaient pour piéger des objets. Vous posiez n'importe quoi dessus — un gros livre, une arme, une boîte de clous — et celui qui s'en emparait, relâchant la pression, s'offrait un bouquet de trois cents grammes de TNT en cadeau. Un souffle brûlant qui lui arrachait la verge, la jambe, le ventre, le cœur ou la gorge.

Zaher réfléchit. Détruire la MS3 ne posait aucune difficulté. Il suffisait de dégager la terre et de placer contre le métal un petit pain d'explosif. On allumait la mèche, on disposait d'une minute pour s'éloigner. La charge détruisait la mine. Un nuage de fumée noire s'élevait et les gars disaient « une de moins ». En ne pensant pas qu'il y en avait encore des millions.

Du pinceau, il dégagea le haut de la statuette. Il eut l'impression que le petit visage se réveillait d'un long sommeil, sortait des ténèbres et plissait les paupières pour se protéger du jour. C'était une de ces idoles des temps païens. Une sourate vint à l'esprit de Zaher : *Ils invoquent les divinités femelles plutôt que Dieu*[1].

La déesse était parvenue jusqu'aux confins de Bactriane avec les phalanges d'Alexandre. Les

1. *Ibid.*, IV, 117.

armées en marche sont un moyen de transport prisé des dieux. Les Macédoniens serraient dans les fontes de leurs chevaux fioles, torques et figurines. Sur les plateaux de l'Anatolie, les glacis de Perse et les bords de l'Indus, on avait rendu grâce à Zeus et à Hermès. L'image des dieux homériques transhumaient ainsi dans le cliquetis des bataillons jusqu'aux parapets des mondes connus, où des soleils tardifs éclaboussaient les holocaustes. Les guerriers charriaient dans leur sillage tout un peuple d'artistes. Les soldats laissaient une traînée de sang, les sculpteurs semaient leurs œuvres. Plus tard, les Hellènes rencontrèrent les moines bouddhistes. Le génie grec féconda la mystique orientale. Un art nouveau naquit. Bouddha prit les traits d'Apollon. Quinze siècles plus tard, les Talibans abattaient les canons de la beauté avec les canons de leur bêtise. La petite déesse enfouie devant Zaher était un alluvion de ces âges tumultueux.

Les figurines de l'époque préislamique servaient souvent à coiffer les MS3. Taillées dans le schiste ou le stuc, elles étaient petites, lourdes, extrêmement prisées par les collectionneurs et très faciles à vendre. Les piégeurs faisaient d'une pierre trois coups : ils blessaient l'ennemi, le punissaient de son avidité et détruisaient une idole. Combien Zaher en avait-il vu d'hommes assis dans la poussière, hébétés, qui contemplaient leur jambe, sans comprendre pourquoi elle se trouvait de l'autre côté du fossé.

D'un coup d'œil, Zaher s'assura que le chef d'équipe ne le regardait pas. Une idée rampait en lui. Son cœur battait à rompre. Il ne fallait pas détruire la statuette. Cette vieillerie valait une montagne de dollars sur les marchés du Pakistan. Même à Kaboul, il n'aurait aucune difficulté à trouver preneur. L'idole ne méritait pas qu'on la pulvérise : elle pouvait lui donner un fils !

Il se leva et inspecta le muret de protection du verger. Il y délogea un galet rond et lisse. Il fallait substituer à la sculpture une masse de même poids en ne relâchant pas la pression du détonateur. Il délogea entièrement la statuette de sa gangue et ceignit la mine d'une petite douve creusée dans le lœss. Il fallait faire vite, les supérieurs patrouillaient de poste en poste, sans relâche.

L'évidence s'imposait à lui. Le verset trente-huit de la quatrième sourate n'était d'aucun recours : *Vous [les hommes] réprimanderez celles dont vous aurez à craindre l'inobéissance ; vous les reléguerez dans des lits à part, vous les battrez ; mais aussitôt qu'elles vous obéissent, ne leur cherchez point querelle. Dieu est élevé et grand.* Frapper Jazé n'aurait servi à rien. Il valait mieux la répudier. Au village, nombre de maris déçus par la loterie natale avaient vainement corrigé les femmes incapables d'enfanter des fils. Les coups ont leurs limites, Dieu sème ce qu'il veut.

Il changerait d'épouse ! La statuette était la clé. Elle avait traversé les âges pour lui. Ses lèvres fredonnaient : *Lorsque vous répudiez une femme et que le moment de la renvoyer est venu, gardez-la en la traitant honnêtement, ou renvoyez-la avec générosité*[1]. Les prières lui venaient toutes seules. L'âme lui montait à la peau, il travaillait, galvanisé. Il donnerait de l'argent à Jazé, il prendrait soin d'elle, il suivrait la recommandation divine. Il ne voulait pas qu'elle s'immole comme cette fille du voisinage dont personne n'ignorait qu'elle s'était suicidée, mais que le commissaire du village avait déclarée « victime d'un accident domestique ».

Zaher avait tout nettoyé. Dans la chaleur blanche, la statuette se dressait sur son piédestal. Il saisit la sculpture à la taille et la maintint fermement sur la MS3. Au contact des formes de la pierre, il éprouva un frisson. Le grès était carné, doux comme l'abricot, presque chaud. Bientôt, il aurait sous la main le velours de la chair d'une vraie femme ! Il glissa l'aplat de la truelle entre le couvercle de la mine et le socle de la statue. L'outil gagnait millimètre par millimètre. Il rencontra la résistance du détonateur qui formait une petite bosse sur la membrane. Zaher immisça la lame et, d'un coup précis, écrasa le renflement. C'était gagné.

Il était riche : il se remarierait. La répudiation et la polygamie impliquent quelques ressources. Il faut de l'argent pour subvenir au train d'une maison nombreuse. Jazé flottait dans sa pensée, souvenir déjà lointain.

1. *Ibid.*, II, 231.

De toute la force de son poignet, il maintenait l'aplat de l'outil sur le ressort. Il retira la statuette et la lança dans la poussière, derrière lui. Elle tomba avec le bruit du poing qui frappe un oreiller de plume. Il tendit la main pour attraper le galet. Ses doigts se refermèrent sur le vide. Il avait déposé son lest trop loin de lui. Il allongea le bras, il manquait vingt-cinq centimètres. Il écrasa la truelle sur la mine et déplia lentement la jambe gauche, accroupi en équilibre sur le talon droit. Il manquait de souplesse et ne parvenait pas, à mesure qu'il allongeait le pied, à réprimer ses tremblements. Les spasmes se répercutaient comme une onde de choc dans son corps et lui secouaient le poignet. La lame glissa d'un demi-centimètre. Il la replaça fermement, ramena la jambe et s'agenouilla.

— Enfant de putain d'idole !

Se reposer, se calmer. Il avala un litre d'air. Le vent ne s'était pas encore levé. Les peupliers cuisaient, immobiles. La sueur tombait sur le limon et chaque goutte y creusait un petit cratère sombre.

Il ferma les yeux. Combien de femmes s'accorderait-il ? *Si vous craignez d'être injustes envers les orphelins, n'épousez que peu de femmes, deux, trois ou quatre parmi celles qui vous auront plu*[1]. Quatre ! Les lois de la statistique lui donneraient forcément un fils ! Il fallait en finir.

1. *Ibid.*, IV, 3.

Son corps dessinait l'étrange forme d'une ogive à trois arcs : une jambe en soutien, une jambe tendue, les mains plaquant la truelle sur la mine.

Du bout du pied, il toucha le galet. Il se tendit encore un peu jusqu'à crocheter la pierre et entreprit de la ramener doucement. La crampe le mordit au mollet. Il savait qu'il fallait respirer à grandes goulées, injecter l'air dans le sang pour dissoudre les contractions. Il haletait.

Il devait reposer sa jambe à tout prix, attendre quelques minutes et recommencer la manœuvre. L'engourdissement gagnait le genou. Il voulut ramener le pied d'un coup sec pour soulager la douleur. La pointe de la sandale heurta le galet. L'explosion se répercuta jusqu'au pied des contreforts.

Zaher, la face enfouie dans le lœss, occupait le fond d'une légère dépression. Le corps fumait. L'ocre farine buvait le sang.

À côté de lui, intacte, la statuette d'Artémis, vagabonde chasseresse, amie des biches et reine des sources, déesse des nymphettes, protectrice des femmes en peine et vengeresse des éternels affronts infligés à ses protégées par les brutes épaisses.

Le bug

HELMER : Il n'existe personne qui sacrifie son honneur pour l'être qu'il aime.
NORA : C'est ce que des centaines de milliers de femmes ont fait.

Henrik Ibsen, *Une maison de poupée.*

Nous sommes présentement dans le quatrième âge, le Kali-Yuga…

René Guénon,
La crise du monde moderne.

Giraon, village du pays gurung, Népal, 8 heures

Arun a faim. Il est huit heures du matin et son assiette est vide. Le silence règne dans la maison. Un souffle frais, chargé du parfum des épiphytes, soulève le rideau et traverse la pièce. Un gecko se remet de sa chasse, aplati sur une poutre de cèdre. Arun est soucieux. D'habitude, à cette heure-là, l'autocuiseur émet son sifflement et le jet de vapeur fuse jusqu'au plafond. Dans l'ouverture de la porte, le sommet du Ganesh Himal. À l'aube, les séracs ont la couleur du riz.

Arun est perplexe. Il est huit heures et dix minutes et son assiette est vide. Le gecko a disparu. Quand la petite bête rose se déplace, l'œil ne peut le suivre : on croirait qu'elle se désintègre avant de réapparaître plus loin. Depuis combien de temps est-il marié ? Dix ans. En dix ans, c'est la première fois que le repas n'arrive pas à l'heure. C'est peut-être même la première fois depuis l'existence des Gurungs sur la terre. Si cela s'était déjà produit, l'incident aurait fait l'objet d'une fable. On se la raconterait le soir, sous le pipal, en buvant la bière d'orge, en fumant le shilom. Et Arun la connaîtrait par cœur. Il n'ose pas bouger : la peur s'est immiscée en lui.

La seule explication est que sa femme soit morte. Elle aura peut-être été emportée par la rivière. La mousson est une faucheuse. Avant le repas du matin, les femmes lavent le linge sur le bord des grèves et étalent les tissus sur les rochers. Mais parfois, l'une d'elles glisse sur une pierre et le remous la happe. Le courant ne rend rien, pas même l'écho des cris. Ou bien peut-être aura-t-elle glissé sur le chemin qui borde la falaise, déséquilibrée par le poids du tas de bois. C'est arrivé le mois dernier à la nièce de Vikram.

Soudain, une silhouette s'encadre dans la porte et cache la montagne. La pièce s'obscurcit un peu. C'est Kali, la femme d'Arun. Elle n'est pas morte, elle semble même en parfaite forme.

— Le riz ? dit Arun sévèrement.

— J'ai nourri les porcs, va voir s'ils t'en ont laissé.

Communauté évangéliste de Saint Laurent, Texas, 10 heures

Les enfants hurlent. Le fumet de soupe rampe dans l'escalier jusqu'au premier étage de la maison. Jacob lit la Bible. C'est l'heure du dîner et les enfants entrent dans la phase darwinienne de leur cycle diurne : l'odeur de la soupe réveille en eux des forces. Il va falloir hurler plus fort que les autres pour mieux se remplir le ventre. Les pleurs et l'odeur de potiron arrachent Jacob à l'Épître aux Corinthiens. Il marque la page avec le signet de cuir. Il descend l'escalier, la main sur la rampe et pense aux mots de Paul de Tarse : « [...] l'homme ne doit pas se couvrir la tête car il est la gloire de Dieu, tandis que la femme est la gloire de l'homme. En effet, l'homme n'a pas été tiré de la femme, mais la femme a été tirée de l'homme. »

Il est 19 h 30. À table règne l'apocalypse. Rebecca frappe à coups de cuillère dans son assiette de soupe. Job étale du doigt les taches sur la nappe. Samuel renverse l'eau sur la tête du bébé de dix-huit mois qui vagit dans la chaise. Les autres enfants, trois, quatre, six, et neuf ans, se battent sous la table. Alison est débordée : les troupes d'assaut de l'enfance ont vaincu la tour amirale. Jacob prononce le bénédicité puis siffle le potage. Il faut une heure et demie à Alison pour venir à bout des enfants, les coucher et obtenir le silence. Le sommeil finit par avoir le dessus.

21 h 30. Jacob est retourné à sa lecture, Paul prêche à présent à Éphèse. Alison fait la vaisselle, prépare le petit déjeuner. De temps en temps, dans la maison silencieuse, le cliquetis d'une assiette.

22 h 30. Elle rejoint son mari dans la chambre, se déshabille, se lave et se couche. Jacob éteint la lumière à 23 heures et passe son bras gauche autour de la taille de sa femme.

— Pas ce soir, dit elle.

— Tu es malade ?

— Non.

— Alors quoi ?

— Pas ce soir ou tu te retires.

— Comment ça, je me retire ?

— Je ne veux pas tomber enceinte.

Jacob allume la lumière. Lorsque l'on dit des choses graves, il faut se regarder dans les yeux.

— Tu veux faire comme les infidèles ? grince-t-il.

— La seule chose que je veux c'est ne pas tomber à nouveau enceinte.

— « Croissez et multipliez-vous, emplissez la terre. »

— Elle est emplie comme une outre, la terre ! Quant à cette maison, n'en parlons pas.

— Ce n'est pas à nous de fixer les limites, dit Jacob.

Alison se retourne et remonte la couverture dans ses poings.

— Je ne veux pas d'autres d'enfants, dit-elle.

— Le diable est en toi !

— Ça vaut mieux qu'un môme.

Jacob tremble. Qu'elle le veuille ou non, elle recevra sa semence. Il saisit son épouse par les épaules, mais Alison est plus rapide et lui écrase sur le crâne le pied de la lampe en terre cuite. Cette nuit-là, elle dort comme jamais. Pour la première fois en neuf ans de vie conjugale, son mari ne ronfle pas.

Kerman, résidence du gouverneur de Kerman, sud de l'Iran, 11 heures

Firouz Nazéri, gouverneur de la ville, s'assied à sa table. Sa femme, Firouzeh, a dressé le repas. Elle dépose devant son mari le pain cuit sur la paroi de terre du four rond. Les filles du gouverneur font leur entrée : quatre enfants souples qui s'asseyent par terre avec leur mère, autour d'un tapis couvert de légumes et de coupelles de crème. Chaque jour, elles déjeunent ainsi, au pied du père.

Le gouverneur, dans son fauteuil, se lave les mains dans la cuve en étain posée sur le large accoudoir. L'aînée munie d'une aiguière verse précautionneusement l'eau fraîche. Le jet égaye le silence absolu. Les yeux de Firouz Nazéri se posent sur les autres filles et le douzième verset de la quatrième sourate lui monte aux lèvres :

Vous ne savez pas qui de vos parents ou de vos enfants vous sont plus utiles

Il lève les yeux au ciel et soupire. De ses doigts, le gouverneur déchire la chair du poulet. Il songe à son frère qui a eu des jumeaux l'année dernière. Une bénédiction ! Si Dieu lui avait donné un fils, il l'aurait appelé Hassan. L'enfant serait là, assis devant lui, faisant fête au plat de riz.

Soudain, une chose inouïe. Firouzeh déplace des chaises. Elle les apporte du salon et les dispose autour de la table puis elle s'assied et invite ses filles à l'imiter. Les petites prennent place l'une après l'autre.

Le gouverneur s'est arrêté de mâcher. On dirait qu'il est frappé de commotion, comme s'il avait reçu un coup à l'estomac. Personne n'a jamais bafoué les saintes règles sous son toit.

— Tu insultes le Prophète, dit-il à Firouzeh.

— C'est lui qui m'insulte, et si tu étais un homme tu devrais me défendre.

— Retourne à ta place.

— Ma place est à table.

— Ta place est à terre.

— C'est la place des chiens !

— C'est la place des femmes et…

Firouzeh n'écoute plus, elle sert le riz aux raisins, et les enfants conversent avec animation. La gaieté colore leurs joues. Elles rient, indifférentes au regard de leur père. Les mains sur la table, livide, le gouverneur assiste à l'écroulement du monde.

Il fouille sa mémoire, il n'existe aucune sourate pour cette situation. Il n'y a pas de bouée de sauvetage.

Village de Brandranapur, Gujarat, Inde,
12 heures

C'est l'heure brûlante. Le ciel est une forge. Bêtes, hommes et dieux se terrent à l'ombre. Les coléoptères renoncent à voler. Les papillons aèrent leurs ailes, les buffles tentent de disparaître entièrement dans la boue et la langue des chiens pend.

Il n'y a personne dans la cour, ni dans la ruelle. C'est le moment. Vikram débouche le bidon d'essence que sa mère lui a confié ce matin et pousse doucement la porte de la cuisine. Meeru prépare les chapatis du dîner. Elle est accroupie devant la gazinière dans son sari jaune. « Il faut attendre qu'elle porte le sari de Nylon », a recommandé le père. Vikram vide le bidon. Meeru n'a même pas besoin d'entendre l'allumette craquer pour savoir qu'elle va s'enflammer.

Elle avait senti les nuages s'amonceler au-dessus de la tête. Ils roulaient lourds de haine, plus sombres que ceux de la mousson. Du fond de leur campagne, ses parents ne payaient plus les traites de la dot. Une belle-famille est un être à deux visages. Sous le masque de la prévenance se tapit une bête avide. Une épouse qui ne rapporte pas est une source tarie, un membre mort. Pas d'argent, pas d'issue. Parmi les femmes qui ne peuvent s'acquitter de leur dette, les plus chanceuses sont répudiées. Les autres brûlent.

Quelques pensées, plus rapides que les flammes, se pressent dans la tête de Meeru. Pourquoi Brama a-t-il créé la femme ? Fallait-il un réceptacle à la violence de Kali ? Le tissu s'embrase. Elle savait que le Nylon serait sa perte et qu'il fallait se débarrasser de ce sari. Le feu attaque la peau. Mais il est écrit sur le parchemin des destinées tendu entre les astres que Meeru ne finira ni en cendres, ni dans un entrefilet du *Statement* à la rubrique des *accidents domestiques.*

Vikram n'a même pas eu le temps de se retirer de la cuisine que sa femme se précipite sur lui. Vikram, si fier de sa moustache lustrée chaque matin à la vaseline, s'enflamme d'un coup. Dans sa stupidité, le pauvre enfant des plaines n'a même pas pensé à lâcher le bidon. Il prend comme le soufre. En deux secondes, plus agile que Vikram, plus souple, plus nerveuse, mieux affûtée surtout par des années de servage, Meeru jaillit hors de la pièce, claque la porte — si fort que le loquet retombe —, traverse la cour en trois bonds et plonge dans le marigot des buffles.

Son corps fume. Elle en sera quitte pour des cicatrices sur la peau. On entend les hurlements du jeune homme. Les beaux-parents se tenaient aux aguets. Ils accourent et sont pétrifiés. Meeru est là, vivante, couchée au bord de la mare. Qui souffre ainsi dans la cuisine ? Le père fracasse la porte. Vikram est mort. Meeru s'approche de son beau-père. Les lambeaux de sari collent aux courbes des hanches.

— Votre fils était insuffisant. Mais aujourd'hui

il s'est surpassé. Un demeuré, le portrait de son père.

Elle tourne les talons et rentre chez les siens.

Dijon, France, 13 heures

Ils sont rouges et gras. Les protéines animales, les digestions difficiles, le contentement de soi et le laisser-aller ont fait éclater les vaisseaux de leurs pommettes. Couperose et ventre rond, signes de la notabilité républicaine. Sous les stucs du salon, les membres de la chambre de commerce se réunissent. On déjeune, il y a les épouses et de la pintade.

— Les musulmans, dit Anglade, ne connaissent que la loi du Ciel. Dieu décide, l'Homme exécute. Mais l'Islam ne pourra pas s'opposer à la marche du temps. Le Progrès le laminera !

— Vous plaisantez, dit Farnèse. Il y a les femmes ! La charia ne reculera jamais à cause d'elles ! Les musulmans disposent d'un formidable système de prestation, mieux rodé que n'importe quelle entreprise d'exploitation capitalistique. Une moitié du genre humain a mis l'autre à son service. Les hommes ont institué une sorte d'esclavage, les services du sexe en plus. Ils ne lâcheront jamais le privilège de disposer d'un prolétariat corvéable à merci.

Anglade avait déjà descendu une bouteille de morgon, le vin lui chauffait le haut des oreilles, il avait l'humeur joyeuse.

— Je devrais leur envoyer la mienne, ça leur suffirait d'une ! dit-il.

— Ne parle pas comme ça de moi, lui murmure sa femme.

Il ne l'entend même pas. Il est lancé ! Sur la pente comique.

— Ils comprendraient vite, ajoute-t-il.

Autour de lui, on rit bien. Anglade est impayable.

— Louis, tais-toi…

— Tenez ! Vous voyez ! Elle veut me censurer, ici ! Au secours !

— Tu me gênes.

Mais il est en forme, il tient le filon, il a du succès, il se sent drolatique. Il est marié depuis trente ans. Trente années qui ont laminé l'amour. Il peut tout se permettre. Quoi qu'il fasse, sa femme et lui sont rivés l'un à l'autre. Il est le rocher, elle est la praire. Il poursuit :

— C'est même pour ça que je vais me présenter aux législatives, pour avoir une tribune, parce que, chez moi, je suis bâillonné.

— Louis…

— Il y a des burqas qui se perdent !

On l'applaudit, il s'enhardit.

— Vous, en revanche, vous avez bien fait de retirer la vôtre, susurre-t-il à l'attachée parlementaire de vingt-huit ans, assise à sa droite.

Mme Anglade se lève, retire son alliance et la pose sur la nappe. Elle quitte la pièce dans un silence de caveau. Avant de passer la porte, elle se retourne :

— Fin de trente ans de mufleries.

Du même élan, dix-sept femmes se lèvent et sortent du salon Empire.

Corbucion, région de Mexico, 14 heures

Pedro Ramirez dort profondément. Le soleil est au zénith des champs. La chaleur a envahi la sierra et les chiens cherchent l'ombre sous l'adobe des arcades. Il dort en travers de son lit sous la statue de Sainte-Marie-de-toutes-les-douleurs. Un cierge est allumé, sa lueur danse sur les joues de la Vierge. Le point d'une mouche sur le plafond.

La voiture de ce demeuré de Ricardo passe dans une gerbe d'étincelles. Il n'a toujours pas fait réparer le pot d'échappement. Les chiens aboient, mais ne se lancent pas dans une poursuite. Pedro Ramirez ouvre un œil. Dans la fente de sa paupière s'encadre la tache blanche de la porte. La fournaise n'entre pas dans la pièce, elle reste sur le seuil. Il fait bien frais ici, Pedro referme l'œil. La mouche s'envole et se repose, soixante centimètres plus loin.

À ce stade, Pedro en a encore pour une, deux ou trois heures de souffrance. Le poison est toujours dans le sang. Il a l'impression que son cœur est monté dans sa tête et lui cogne le cerveau à chaque battement. Ne plus jamais mélanger la bière, le whisky, la mescaline et la tequila. La mouche se pose sur son front. Il la chasse et sent que sa main lui fait mal.

Il a cogné fort la veille. Maria voulait qu'il

ferme la porte, qu'il baisse le son de la télé et qu'il arrête ses « conneries de chimiste drogué ». Depuis qu'il est gosse, on lui a toujours intimé des ordres et expliqué ce qu'il fallait faire. Tout le monde croit savoir ce qui est bon pour Pedro Ramirez. Il ne supporte pas quand Maria se met à lui parler comme le faisait sa mère. Il l'a attrapée et tapée pour lui apprendre qu'on ne parle pas à son homme comme à un gamin. La petite garce oublie toujours qu'il n'en est plus un. Comme d'habitude, elle est tombée, il l'a relevée et lui a flanqué la raclée et, comme d'habitude, elle n'a pas crié pour ne pas réveiller le môme dans la chambre. Pedro regarde son poing. Comment le visage de Maria peut-il être si dur ?

Maria n'ira pas se plaindre. Ses parents habitent à Q… et il y a le petit qui est si petit et qui a besoin d'eux. Elle ne sacrifiera pas l'avenir du petit. Quant au poste de milice de Corbucion, tout le monde sait ce qu'ils font là-bas avec les femmes et ce qu'il en coûte d'aller se plaindre.

Le seul problème, c'est le poison dans le sang. Il y a encore cinq ans, avec le même volume d'alcool, il se levait à midi. Le sang avait tout lavé. La vieillesse, c'est lorsque l'alambic intérieur faiblit.

Une ombre passe sous ses paupières. Il y a quelqu'un qui fait écran devant la porte et cache la lumière. Il ouvre les yeux.

— Qu'est-ce…

Dans le contre-jour, il voit le fusil. Il reconnaît sa Remington avant de distinguer Maria. Elle s'avance de deux pas dans la pièce et tire trois coups. Une balle dans la tête, deux dans la poitrine. Une goutte de sang gicle sur Notre-Dame. La mouche décolle et trouve le chemin du grand air.

Bichkek, Kirghizistan, 15 heures.

Ali Zoubaev, fils d'un colonel bosniaque et d'une bergère albanaise, fut l'intime du général D. qui sema le désordre dans les rangs soviétiques pendant le conflit afghan. Aujourd'hui, Zoubaev est le chef du plus gros réseau de traite des femmes de l'Asie centrale ; ce soir, c'est un homme heureux. Il a organisé une fête pour son cinquante-cinquième anniversaire dans sa boîte de nuit de Bichkek, le *Tamerlan.* En guise de service d'ordre, ses propres hommes. Il leur a adjoint quelques supplétifs de la police gouvernementale : les clampins à képi gagneront en une soirée ce que le gouvernement leur verse en un trimestre. Les invités arrivent. Ballet de berlines : Mercedes 600 et Hummer à vitres fumées. Arrivée de la Volga du général D., qui n'a jamais pu se résoudre aux voitures capitalistes.

Russes, Tchétchènes, Azéris, Albanais et Turcs : ils sont une trentaine à avoir répondu à leur ami. Les premiers portent la raie blonde sur le côté et de grands manteaux noirs, les autres se reconnaissent à leurs incisives en or. Chacun a raison de baver d'avance. Tatiana Mechenko a organisé la soirée. Depuis trois ans, l'Ukrainienne fournit Zoubaev en chair fraîche. Elle connaît le goût de Zoubaev pour les canons aryens. Il aime les filles à l'air perdu, les blondes translucides et mélancoliques de vingt-deux ans. Les Orientales, elles, sont trop vicieuses, on croirait qu'elles fomentent des putschs même en baisant. Les Russes ont un caractère plus laiteux et une odeur de navet.

Chaque année, la maquerelle déniche des beautés. Elle prospecte dans les campagnes et les universités de Vilnius à Kiev et de Tomsk à Minsk. Autrefois l'URSS était un laboratoire idéologique ; aujourd'hui, l'ancien empire est un vivier sexuel. La Mechenko fait miroiter des avenirs de danseuses à des déesses de province qui se retrouvent encagées dans les sous-sols du *Tamerlan* ou dans les bars de Tachkent. Zoubaev les ausculte, les essaie, les jette : elles montent sur la scène. Elles passent la première partie de la soirée collées à des barres en métal chromé, et la seconde à des nouveaux riches défoncés.

Jusqu'à minuit, les invités de Zoubaev dînent. On boit n'importe comment des crus français très vieux et on fume des cigares cubains en attendant le clou de la soirée. Ali a promis le défilé des plus beaux spécimens, un florilège du cheptel. Des filles à contempler, à acheter, à refourguer. Prendre et vendre, tout le monde sait faire ça à merveille ici.

Ali fait baisser le volume de la techno et monte sur la scène : « Mes amis, profitez de ce que vous allez voir, faites vos choix ! Longue vie ! » Le rideau se lève et un silence consterné s'abat devant le spectacle.

On se regarde un instant sans un mot puis des voix s'élèvent : « C'est un piège ? », « Tu nous trahis ? », « Salopard ! ».

Ali veut reprendre la main. Il bondit sur la scène : « Baissez le rideau ! » Mais le rideau ne se baisse pas. « Mes amis, écoutez-moi ! » Mais on ne l'écoute pas. « Je vais tout expliquer, calmez-vous. » Mais les armes sortent des holsters. Le ton monte, on veut colleter Ali. Un coup de feu part.

Le lendemain les journaux relatent un règlement de comptes au *Tamerlan*. On a relevé douze corps parmi les oligarques.

Ce que ne disent pas les journaux, c'est que Tatiana Mechenko a libéré ses esclaves quelques heures avant la levée de rideau. À leur place sur la scène, les invités ont découvert leurs mères. Ces dames avaient répondu à l'invitation de l'Ukrainienne. Le rideau s'était levé sur elles, assises en rang, sévères.

*

Les historiens ne purent jamais se mettre d'accord sur la cause de ces événements. Personne ne sait ce qui se passa. L'effondrement fut si soudain qu'il balaya toute explication. Les décombres ensevelirent les témoins. De mauvais vents emportèrent les souvenirs.

Les monades de la révolte flottaient-elles dans l'air ? Le principe de la rébellion couvait-il à la manière de ces idées en suspens que plusieurs inventeurs découvrent en même temps dans la solitude de leurs laboratoires ? Y eut-il une révélation céleste ? L'éclosion d'une vérité dans le for intérieur de la moitié de la population planétaire ? De Sao Paulo à Libreville et d'Anvers à Johannesburg, au même moment, sans prodromes, des milliards de femmes, dans un élan commun, s'avancèrent vers l'inconnu, affranchies.

La violence se trouvait soudainement privée de son dérivatif ordinaire. Le bouc émissaire s'était réveillé de son sommeil. Les femmes rejetaient l'équation sur laquelle s'équilibrait un édifice plurimillénaire. Tout s'écroula. Dans les mois qui suivirent cette journée, un déchaînement de forces secoua le monde.

Les hommes se jetèrent les uns sur les autres.

Des émeutes éclatèrent. Les Bourses s'écroulèrent. La folie se déchaîna sur la terre. Longtemps, les incendies éclairèrent les nuits.

Chez les rares survivants, cet épisode fut connu sous le nom de *Révolte des femmes.* Les érudits ésotéristes prétendent qu'elle sonna la dernière heure du cycle du Kali-Yuga, « l'âge sombre » initié le jour où quelques prophètes étourdis de soleil avaient décrété que la femme était un os surnuméraire sorti du flanc de l'homme.

Le lac

J – 20

La cabane fumait sur la rive du lac. Piotr ouvrit les yeux à 9 heures du matin. En novembre, dans la forêt, on n'est pas pressé de se lever. Entre un lit bien chaud et le sous-bois glacé, le corps n'hésite pas. Les fonctions internes maintiennent le corps dans le sommeil le plus longtemps possible. C'est la variante psychologique de l'hibernation. Ceux qui ont dormi près d'un poêle dans l'hiver sibérien comprendront.

Il restait vingt jours à tenir. Au regard des quatorze mille qu'il avait déjà passé ici, l'entreprise ne lui paraissait pas difficile. Mais en se réveillant Piotr savait que vingt jours d'impatience lui pèseraient davantage que quarante ans de résignation. Coup d'œil dehors. Cristaux de glace sur le carreau, ciel d'acier, forêt immobile. Pas un souffle. Le thermomètre cloué sur le sapin devant la cabane marquait – 27 °C. La première manifestation du froid est le silence. Piotr se leva et nota précautionneusement la date, **3 novembre 1995**. Il tenait à son calendrier comme à la vie. Et, d'une certaine manière, sa vie était liée à la bonne tenue de son calendrier. Chaque matin, avant d'enfourner une bûche dans le poêle, il notait la date du jour d'une minuscule écriture. C'était un rituel. Une journée dans la forêt en est composée. De manies en habitudes, on abat les heures qui mènent à la nuit. Dans les bois, la discipline personnelle est aussi nécessaire qu'un couteau. Connaître la date est une manifestation de dignité. En prison, les types qui ne tiennent pas le décompte des jours virent cinglés plus vite que les autres. La première ligne du cahier indiquait le **29 février 1956**.

Plus que vingt jours donc. Il fallait maintenir les règles, redoubler de concentration : la mort vous fauche parfois sur les sentes les moins périlleuses.

Comme il avait presque épuisé sa réserve, il fendit du bois pour vingt jours. Un tronc y passa. Il débitait le sapin, vêtu de deux chemises en laine enfilées l'une sur l'autre. Deux chemises suffisent lorsqu'on travaille par – 27 °C. Le froid n'affecte que les paresseux. Au-delà de – 30 °C, il fallait passer la veste. Dans la vie, il y a des seuils.

Il rentra pour le thé. Il cura la brique de feuilles séchées au poignard, et l'eau bouillante fit gonfler les poissons dans le quart en métal. En se brûlant les lèvres, il feuilleta le livre posé sur la table. Des livres, il en possédait huit. Six pour les œuvres d'Alexandre Dumas parues aux Éditions du Progrès, un album illustré sur les armes de chasse russes et un exemplaire relié de la première traduction en russe du *Pan* de Knut

Hamsun. L'exemplaire datait d'avant la Révolution. Il ne se souvenait plus comment le roman avait pu lui arriver dans les mains et ne cherchait pas à imaginer pourquoi il avait survécu aux tempêtes de 1917. Piotr aimait cette phrase : « [...] car j'appartiens aux forêts et à la solitude. » Il l'avait gravée au couteau sur le linteau de la porte. Ainsi, les rares personnes qui lui faisaient le frais d'une visite étaient prévenues.

Par le carreau, il regarda le lac. Un tissu tendu entre les rives. Il se souvint d'un banquet auquel il avait assisté quand il avait vingt ans, juste après la guerre. C'était au mess des officiers. Il faisait le service. La nappe était la même : immaculée, impeccablement lisse. Sauf qu'ici, à la table du lac, les convives étaient rares et ne s'attardaient pas.

Le soir, en allant chercher de l'eau, il vit les traces d'ours sur le sable.

J – 19

Dans la chaleur des couvertures, il pensait aux traces de la veille. Les fauves ne s'approchent pas des cabanes. À cette saison, la nature se prépare à l'hiver, les ours à leur nuit. La bête avait erré un long moment sur la plage : le sable était moucheté d'empreintes. Peut-être avait-elle senti l'odeur du jambon que Pavel avait apporté du bourg, la semaine d'avant.

Et le chien qui n'avait pas grogné ! Il arrive que les chiens se prennent d'amitié pour les ours. Au lieu d'aboyer à l'approche de la bête, ils se pâment, se fourrent dans ses poils et lui lèchent les replis.

Vers 11 heures, vrombissement. Un canot passait dans le lointain. Sans doute un pêcheur. Depuis quarante ans, Piotr avait pris l'habitude de se poster sur le seuil au moindre bruit de moteur. Quoi qu'il fût en train de faire, il s'interrompait pour scruter. La vie est trop sobre sous le couvert des bois pour laisser passer la distraction d'une petite coque labourant au loin la surface des eaux.

Autour du lac, chacun connaissait Piotr. On le surnommait « le vieux de la forêt ». Personne ne se rappelait quand il s'était installé dans les bois. Le canot ne fit pas le détour. Pourtant, les pêcheurs se fendaient souvent d'une visite à l'ermite. On lui apportait des conserves, des nouvelles, des cartouches et des piles pour la radio. En échange, Piotr était prodigue de la viande qu'il chassait, de ses poissons salés, des airelles dont il avait passé l'été à bourrer des bocaux, de la chaleur de son poêle. Quand il y avait des tempêtes, on se réfugiait dans sa baie. Les pilotes y trouvaient toujours à boire et à manger. Même si le vent les clouait trois jours durant. L'année du grand incendie, les gardes forestiers étaient restés chez lui deux semaines pour surveiller la progression des feux. Il les avait nourris de bon cœur. Lorsqu'il partait chasser dans la forêt, il ne fermait pas sa porte. Au cas où quelqu'un se serait pointé. Il ne craignait pas les voleurs : dans la taïga, pas de place pour les parasites.

De tous les visiteurs, Pavel était le plus fidèle. Pêcheur au bourg de Petrona, à cinq jours de marche ou cinq heures en canot, il venait de temps en temps visiter son « ami du fond des bois ». Piotr lui passait commande d'un outil ou de provisions. Il pouvait s'écouler deux mois avant la livraison.

— Je ne sais pas quand je pourrai revenir, disait Pavel.

— Je m'en fous, je suis pas pressé, disait Piotr.

— Comment fais-tu pour tenir le coup ?

— Ce sont les trente-cinq premières années les plus difficiles ; après, on s'habitue.

J – 18

La journée était belle. Le soleil éclairait la glaçure des versants. Piotr avait assisté avec piété à des milliers de couchers de soleil. Si le paradis est réservé à ceux qui ont contemplé la beauté du monde, il était sûr de sa place. Si ce n'est pas le cas, il était sûr de l'enfer.

Par les doubles carreaux, Piotr embrassait une vue de peintre. La forêt de pins noirs mourait dans le lac à cent mètres de la cabane. Par une trouée, on voyait le croissant de la grève de galets filer vers le nord, mangé de plaques sableuses. L'immense plaine d'eau se fondait dans les brumes. Une herse de montagnes défendait l'horizon.

L'été, des touristes faisaient le tour du lac dans de petits canots à moteur. Ils mettaient huit jours à venir à bout des cinq cents kilomètres de rives. Quand ils découvraient l'anse de Piotr, la cabane dans la clairière, les rochers du rivage défendant la forêt, ils voulaient y camper. Piotr les accueillait, jouait avec les enfants. Il leur apprenait à trouver les myrtilles. Le lendemain, les petits pleuraient d'avoir à le quitter. Le vieux se liait avec les mômes aussi vite qu'avec les chiens.

Trois jours auparavant, il avait tiré un élan. Le dépecer prit une partie de la matinée. À midi, il rentra pour le thé. Il contempla le lac à travers la fumée de l'eau bouillante : le ciel et l'eau formaient les deux pans de miroirs inclinés. Ils convergeaient vers l'horizon où les crêtes les empêchaient de se rejoindre.

Dix-huit jours. Se pouvait-il que les parenthèses de la vie se ferment si facilement ? Que faudrait-il faire ? Brûler la cabane ? Retourner y vivre ? S'installer au bourg ? Saurait-il se réhabituer aux autres ?

Il vit l'ours le soir en allant chercher du bois. La bête rôdait au bord de l'eau. Le chien n'avait pas aboyé. Piotr jura et courut chercher le fusil. L'ours avait disparu quand il sortit sur le seuil, l'arme au poing.

J – 17

Il coupa du bois, cloua un bardeau qui se décrochait, aiguisa ses outils, lut un passage de Hamsun, ravauda son filet, puisa l'eau au lac, recousit un pan de son sac et se roula une clope dans le journal du trimestre dernier. Ainsi de sa vie depuis quatre décennies : une succession d'actes vitaux. Bientôt, il serait libéré et le soleil de la Sibérie éclairerait le monde d'une couleur plus joyeuse.

Aujourd'hui, pas d'ours. Il passa quand même la journée le flingue en bandoulière.

J – 16

Le thermomètre était encore descendu. Des oies à col noir passèrent en formation. La première neige tomba vers 10 heures et à midi elle était constellée de traces d'ours. Ce salaud-là aurait dû être en train de se chercher une tanière pour l'hiver. « Tu sens peut-être que l'occupant se tire bientôt d'ici », dit Piotr en regardant l'orée. Il fallait qu'il répare le piège.

J – 15

Une journée entière dans la cabane. Car dehors…, un vent glacé.

J – 14

Dans la nuit, il fit un cauchemar. Il était dans une cellule de la prison de Tomsk. Une lucarne de verre dépoli filtrait une lumière humide. Une araignée vivait dans les jointures des murs. La porte s'ouvrait, un officier apparaissait et crachait : « Tu as pris quarante ans. » Piotr se réveillait au moment où la porte claquait.

Il passa la journée à réparer le piège qui s'était faussé trois ans auparavant. Cet automne-là, Piotr était parti chasser quelques jours dans la taïga. Près de la cabane, un ours de deux cent cinquante kilos s'était pris la patte dans le piège et s'était tellement débattu qu'il avait tordu l'un des ressorts du mécanisme, avant de mourir d'épuisement. Piotr avait remisé l'appareil et depuis n'avait plus tiré les ours qu'au fusil.

Mais cet animal-là avait circonvenu le chien. Sa manière de rôder comme un Tchétchène, sa façon d'y revenir sans cesse, les entrelacs d'empreinte sur le sable des grèves : il fomentait un mauvais coup… À quelques jours du dénouement, Piotr ne pouvait rien laisser au hasard.

J – 13

Le temps s'était adouci. Aux premières lueurs, Piotr posa ses filets au pied du talus sablonneux. Il fallait une demi-heure pour atteindre l'endroit à la rame. L'effort valait la peine car les poissons ne manquaient jamais. La journée était dangereuse. Elle portait le chiffre 13. Ne prendre aucun risque. Assis sur la planche de nage, il alluma une cigarette avec la page des programmes de télévision d'un quotidien de juillet. De la moufle, il caressa l'aluminium cabossé de la coque. Avec le fusil, le couteau, les livres et ses jumelles, la barque était un objet ami. Elle lui prodiguait loyalement ses services depuis quarante ans. Il se sentait bien dans ses flancs et s'entretenait doucement avec elle. La réclusion dans les bois lui avait donné une étrange conception du monde. Il croyait les objets animés de forces incorporelles, les éléments chargés de signes, le monde matériel fondé sur un ordre mystérieux, les animaux et les plantes dépositaires de secrets immémoriaux. Dans la partition de son univers, le moindre événement — le vol d'un oiseau, le froissement d'un serpent ou le rythme des vagues — était un signal que le cosmos envoyait à la surface de la Nature, à destination des âmes initiées. Les Hommes, eux, et même ce sacré Pavel, n'étaient que des automates, tristes esclaves de leurs passions, abrutis de désirs et prisonniers de leurs codes. Des machines avec lesquelles il fallait bien converser de temps en temps pour que ne s'atrophient pas les maxillaires. Dans sa vie, il avait davantage causé avec sa barque qu'avec ses semblables. Il souqua vers la cabane. Il reviendrait le soir remonter le filet.

Il se souvint de son installation dans la forêt. L'année mille neuf cent cinquante-six. Khrouchtchev à Moscou, le XXe Congrès et lui, ici, à deux mille kilomètres de Tomsk... Il se rappela les longues négociations avec les gardes-chasses pour obtenir le droit d'occuper la cabane, les réponses inventées aux questions posées, les faux papiers produits devant le chef de la réserve puis les mois passés à restaurer la bicoque et les allers-retours en canot à moteur pour convoyer tout le nécessaire…

Le poêle ronflait. L'eau chauffait dessus. Le chien dormait à côté. La hache était plantée dans le billot de fendage. Le couteau sur le chambranle de la porte. Le fusil posé sur le montant. Piotr était allongé sur sa couche. Il fixait des yeux les rondins du plafond. En ce moment précis, le filet de pêche flottait dans l'eau glacée et les poissons venaient y mourir. Leur chair lui donnerait l'énergie de continuer à vivre. Tout était en équilibre. La vie en cabane est une réduction de l'univers. Mais d'un univers qui ne connaîtrait ni expansion ni chaos. Seulement l'ordre.

Il se leva pour jeter une bûche dans le poêle. À chaque fois qu'il en enfournait une, Piotr prenait soin de l'inspecter. Il ne voulait pas risquer de griller des insectes. Il cognait le bois pour déloger les xylophages avant de l'envoyer en enfer. Dehors, lorsqu'il écrasait un capricorne en coupant des rondins ou butait par hasard dans une fourmilière, il se sentait mortifié. Tuer un élan, dépecer un ours ou piéger une martre l'émouvait moins. Mais les insectes… Ces petits bijoux articulés, dans leur livrée vernie, avec leurs dentelles, étaient d'une telle délicatesse. Parfois, il les emprisonnait sous un verre et les observait pendant des heures avant de les relâcher sans leur faire aucun mal. C'est pour cela qu'il les épargnait : en remerciement de leur beauté.

Il y a quarante ans à Tomsk, Piotr avait tué un homme.

J – 12

Piotr avait un chien pour n'être pas seul, un fusil pour n'avoir pas faim, une hache pour n'avoir pas froid. Ce jour-là, il caressa le premier, graissa le second, aiguisa la troisième. La vie n'est pas compliquée quand on a tiré le rideau de la forêt sur toute ambition.

J – 11

Pendant un moment il avait hésité à tenir son journal. Mais que se passerait-il ici pendant tant d'années qui méritât qu'on le consigne ? Les ermites qui composent des œuvres ont un feu qui leur dévore le cœur. Piotr n'avait aucun feu en lui. C'est tout juste s'il sentait qu'il lui battait un cœur.

Lorsqu'il avait tué l'officier, il n'avait rien éprouvé. C'était un crime sans mobile — un acte gratuit. Pendant la guerre, Piotr avait servi sous les ordres du lieutenant Ghlanov. Il avait fêté ses vingt ans sur le front de Poméranie, combattu en mars 1945 dans la baie de Stettin aux côtés des soldats polonais. Dix ans plus tard, il avait croisé le lieutenant, par hasard dans une rue près de l'université. Ils étaient allés chercher deux bouteilles et s'étaient enivrés chez l'officier. À minuit, Piotr était allé acheter une troisième bouteille au kiosque. Ils l'avaient vidée encore plus vite que les deux premières. L'appartement était surchauffé. Piotr supportait mal l'odeur de saucisson qui flottait. Le lieutenant parlait de la *jigouli* qu'il venait d'acquérir, de ses deux filles admises à l'université d'électromécanique d'Omsk, de sa datcha avec potager attenant et de ses vacances à Leningrad. Piotr n'avait rien à répondre, car il vivait depuis la fin de la guerre dans l'appartement de sa mère, dormait dans la cuisine ou en cellule de dégrisement et n'arrivait pas à rester plus de trois jours d'affilée dans les chantiers de cantonnier où on l'employait par pitié. Le lieutenant continuait l'inventaire du contentement de soi. À trois reprises, sa femme était sortie de la chambre à coucher pour engueuler son homme et exiger que Piotr débarrassât le plancher. Elle était blonde et grasse en son peignoir. Piotr avait saisi la bouteille et lui avait lancé au visage. La femme s'était écroulée. Le lieutenant avait décoché une droite molle dans la mâchoire de Piotr. Ils avaient roulé sur le sol. Piotr avait sorti son couteau et avait saigné son officier comme un brochet, de haut en bas, dans le mou du ventre en remontant consciencieusement jusqu'au plexus. Puis il avait essuyé l'acier sur le peignoir de l'épouse évanouie et était sorti dans la rue avec le fond de la bouteille.

J – 10

Insomnie. L'approche de la date lui tendait les nerfs. Dans cinq jours, il partirait, il marcherait cinq jours et tout serait fini, tout pourrait commencer. Il alluma la radio et réussit à capter la station de Moscou. Une canicule avait fait deux mille morts à Calcutta. Un envoyé spécial décrivait la situation. On l'entendait à peine à cause du bruit de fond. Piotr se redressa sur le lit. Par la fenêtre, la lune dans le lac. Le froid, le silence et la solitude sont les trois produits de luxe du monde contemporain.

À l'aube, les traces d'ours parsemaient la neige devant le seuil de la cabane. La bête ne se montra pas de la journée. Au crépuscule, Piotr fixa le piège au pied d'un cèdre, en bordure de la rive. Il l'appâta avec les abats de l'élan.

J – 9

Les bouleaux perdaient leurs feuilles. Certains étaient déjà dénudés. De loin, l'entrelacs de leurs branches vernies faisaient une dentelle mauve. Piotr ne sortit pas de la cabane. Dehors, la tempête. Les rafales emportaient les écheveaux de neige : le froid avait lâché ses cheveux dans le vent. Cette nuit, Piotr avait cru entendre gratter à la porte.

J – 8

L'autre soir, dans les filets, la prise avait été bonne : un plein bac d'ombles à la chair grasse. Il les vida et les sala. Il y en avait suffisamment pour les jours restants : de quoi tenir jusqu'au départ et pour les cinq jours de marche. Le miracle aurait été qu'un canot à moteur passe le jour où il fallait partir. Mais il ne croyait pas aux aubaines. Il venait de traverser une existence qui en avait singulièrement manqué.

Sa chance avait été de découvrir la cabane. Après le meurtre, il s'était laissé guider par l'inspiration. Il s'était rendu à la gare de triage et était monté dans le wagon d'un train chargé de câbles de cuivre à destination d'une ville industrielle des bords de l'Amour. Le cuivre n'isole pas très bien du froid. Le voyage avait duré quarante-huit heures. Il avait trouvé un peu de chaleur dans sa conversation avec un compagnon d'infortune déjà pelotonné dans un coin. C'était un de ces mystiques russes, un vagabond pas lavé depuis des années qui grillait le dur et sillonnait le pays en priant secrètement. Deux jours plus tard, l'assassin en cavale était descendu en pleine nuit dans une station du bord du lac où le train marquait une halte technique. Il jugeait suffisants deux mille kilomètres entre son crime et lui. Il n'avait pas voulu réveiller le pèlerin endormi parce qu'il avait préféré lui voler ses papiers. Le pauvre hère s'appelait Piotr. Le meurtrier lui emprunta son identité.

À la réserve naturelle, il avait trouvé un emploi de garde forestier. On ne lui avait pas posé trop de problèmes : c'était une veine de trouver un volontaire pour tenir cette cabane, à cinq jours de marche de toute vie humaine. Piotr s'y était installé pour veiller sur la beauté d'un horizon vide.

Vingt ans plus tard, les restrictions de Moscou avaient précipité la fermeture de bon nombre de réserves sur le territoire russe. Piotr avait été oublié, hunier sans capitaine, échoué sur les bords de son lac.

J – 7

Moins vingt au thermomètre, air cristallin. On distinguait parfaitement la rive opposée, à cinquante kilomètres. Des coulées de forêt dévalaient les talus rocailleux jusqu'à la grève. Le lac était agité. Le ressac hachait la ligne de galets. Sur la grève, pas de nouvelles traces. L'ours avait peut-être déserté les lieux. « Sept jours », dit Piotr. Et afin de calmer la fièvre, il se servit un verre d'alcool de baie. Le bon jus lui râpa la trachée et diffusa dans son ventre une grasse chaleur. Il leva le second verre devant la fenêtre. « Au lac ! »

Il se réveilla en pleine nuit. Il s'était endormi sur la table. La bouteille était vide. Il crut qu'un trois-mâts fantôme aux voiles en haillons voguait au-dessus du lac. C'était la lune qui éclairait la charpie des nuages.

J – 6

Au réveil, une vision : un vol d'eiders dans les lueurs naissantes. L'escadrille fusait vers le sud. Avait-elle seulement conscience de sa splendeur ?

« Demain, dès l'aube... » Il connaissait Victor Hugo. Il l'avait étudié en classe. Dans les écoles de l'Union soviétique, on vénérait le « grand-poète-socialiste-français ». Le départ était pour le lendemain. Il prépara son sac : cinq jours de poissons salés, la tente, le fusil, la couverture, la hache, les cartouches, les jumelles, les allumettes. Il marcherait vers le sud, le lac à main droite. Il suivrait le sentier côtier ouvert par le passage des animaux, légèrement en retrait de la rive, juste derrière le rideau des arbres. Le tapis de mousse et d'humus rendait la marche élastique.

Il imaginait son arrivée au bourg. Il irait passer une nuit chez Pavel. En quarante ans, Piotr ne lui avait rendu visite que deux fois. Le jour suivant, il se présenterait au poste de la milice et demanderait à voir l'inspecteur.

Le chef lui dirait :

— Piotr ? tu es sorti de ton trou ?

Et il lui répondrait par cette phrase qu'il moulait dans son esprit depuis quatre décennies et qui lui rendrait son identité, solderait ses comptes devant le tribunal des Hommes et le rétablirait dans ses droits :

— Inspecteur, je ne m'appelle pas Piotr. Je suis Ivan Vassilievitch Golovinov, je me suis rendu coupable du meurtre de l'officier Glhanov à Tomsk en 1956. Quarante ans plus tard, je viens solliciter la grâce pour ma faute et réclamer la prescription conformément aux dispositions du droit russe. Je demande le versement de ma pension d'ancien combattant à titre rétroactif.

En Russie, la société mettait quarante ans à passer l'éponge sur vos crimes. C'était long, mais ensuite, c'était plus rentable que l'absolution des péchés sous les bulbes orthodoxes.

J – 5

Le soleil décocha son premier trait par-dessus les chaînes de l'Est. Piotr marchait déjà vers le sud. Le chien caracolait à trente mètres devant lui, furetant dans les vieilles souches.

J – 4

La nuit avait été bonne auprès du feu. La journée fut longue au bord du lac. La nuit serait bonne auprès du feu.

J – 3

Deux cerfs, un eider, un élan et au moins trois écureuils au tableau de chasse des rencontres. Dans trois jours, il aurait à nouveau le droit d'être un homme parmi ses semblables.

J – 2

Les cèdres nains faisaient obstacle. Leurs branches barraient le chemin. Il fallait ramper dans les tunnels ouverts par le passage des bêtes. Pour éviter l'obstacle, il gagnait la rive. Les chevilles souffraient sur les galets ronds, chaque pas était un triomphe, il revenait sur le chemin obstrué de végétation. Il passa la journée à osciller entre la forêt et la grève. La vie pour certains s'écoule ainsi, dans la conviction que le bonheur se trouve ailleurs. Lui au moins avait évité cet écueil. L'érémitisme l'avait vacciné contre l'insatisfaction.

J – 1

Nuit coupante. Le thermomètre était tombé sous – 25 °C. Au matin, il fallut deux heures de marche pour que le sang huile à nouveau les rouages. À trois heures de l'après-midi, la forêt s'ouvrit sur les fumées du bourg. Quatre jours et demi : il avait fait vite. La sente devenait un chemin puis une piste, puis une route de goudron. Les routes connaissent le même destin que les rivières : elles enflent et se jettent dans plus gros qu'elles. Il s'arrêta et s'assit contre un cèdre. Quarante années de réclusion et cent kilomètres de marche l'avaient mené à la porte de la ville. Au seuil d'une nouvelle vie.

*

Les formalités prirent plus de temps qu'il ne l'avait imaginé. Le dossier se perdit jusque dans les labyrinthes moscovites. L'inspecteur aimait bien Piotr, il continua d'aimer Ivan. Il prit en main la direction de l'affaire, s'enquit lui-même de l'avancée des choses et insulta le préposé de Moscou qui lui répondit au téléphone pour la quatrième fois que « le processus était en cours ».

Au bourg, la nouvelle fit grand bruit. Elle suscita des réactions partagées. Deux ou trois connaissances de Piotr se détournèrent du « vieux de la forêt ». Les juges qui sommeillent au fond de certains cœurs n'ont pas besoin de grand-chose pour se réveiller. Piotr découvrit que les administrations accordent la prescription plus facilement que les hommes. Il essuya des insultes, croisa des poings levés. Un matin, il passa au large d'un groupe de pêcheurs et deux ou trois « assassin ! » fusèrent derrière son dos. Mais la majorité des habitants considéra que quarante ans de solitude avaient lavé la faute et que le passé d'un homme ne compte pas.

Pavel fut des fidèles. Les vrais amitiés se moquent de l'histoire ancienne. Piotr vivait chez Pavel attendant qu'on lui rende ce qu'on lui devait.

Un matin, les documents arrivèrent. L'inspecteur frappa à la porte de Pavel. Il sortit trois verres de sa veste, une bouteille d'un demi-litre enveloppée dans un journal, et servit les rasades. Il remit une enveloppe au vieux trappeur et leva son verre de vodka.

— C'est ton absolution civile avec les compliments de l'administration. Pour l'absolution céleste, le gouvernement ne peut rien pour toi et, pour la solde, il te faudra revenir dans un mois. Ensuite elle te sera versée ici, au bourg, chaque année.

Ils burent.

Désormais, Piotr s'appelait Ivan, était officiellement reconnu comme natif de Tomsk et vétéran de la Grande Guerre patriotique de 1941-1945 avec citation pour sa participation aux combats de la baie de Stettin.

Pavel encouragea son ami à s'installer au bourg. Il lui trouverait une petite maison avec un jardin. Le vieux solitaire aiderait à la pêche et finirait ainsi ses jours, entouré de camarades. Il retrouverait le goût du thé partagé et des toasts bruyants. Et quand il le désirerait, on se rendrait à la cabane pour y séjourner quelques jours, comme au vieux temps.

L'urgence était de « tirer un trait sur le passé », comme l'avait dit Pavel. Il fallait aller chercher le matériel à la cabane et le rapatrier au bourg.

Le matin où ils partirent en canot, des nuages noirs hachuraient le ciel. Des bancs de brumes montaient à l'assaut des grèves et s'enroulaient à la cime des pins. Des canards s'envolaient en éventail. Leur sillage laissait la trace d'une main de géant à la surface du lac. Piotr-Ivan, engourdi par le vrombissement, regardait défiler les pins sur la rive. Il avait vécu pendant quarante ans aussi anonyme qu'eux.

Cinq heures de canot puis la cabane. Un corbeau s'envola. Piotr-Ivan suivit des yeux sa course vers le nord.

— Ce sont mes souvenirs qui prennent le large, dit-il.

— Déjà nostalgique ? dit Pavel.

Pendant que Pavel amarrait le canot, Piotr-Ivan se dirigea vers la cabane à pas pesants.

La seule chose dont il eut le temps de se rendre compte lorsque l'ours le chargea, c'est que l'animal boitait. La bête le tua net d'un coup de patte sur le crâne et disparut dans les taillis. Pavel n'eut pas même le temps de saisir son fusil. Dans le ciel, des corbeaux croassèrent. On les avait dérangés. Les oiseaux étaient en train de partager la patte sanguinolente, coincée entre deux mâchoires d'acier, que l'ours avait rongée pour se dégager du piège. La bête avait attendu pendant des jours le retour de l'homme.

Le soir même, Pavel rapportait le corps de son ami au bourg.

Dans la forêt, il y a une justice.

Mais c'est rarement celle des hommes.

La fille

Quand Jenny, égérie de la maison Gucci, tomba du voilier en mer, elle eut le sentiment que ce qui se passait n'était pas réel et qu'elle allait se réveiller d'un cauchemar. Ensuite elle imagina que le temps allait remonter son cours puis, comme les secondes s'écoulaient, elle se persuada que la force des choses allait la ramener sur le pont et la vie reprendre son cours, mais lorsque l'eau salée entra dans ses sinus, elle fut forcée d'accepter la vérité : elle était passée par-dessus le bastingage.

Le bateau, poussé par un vent de trois quarts arrière, filait à huit nœuds.

Il y avait eu une semaine entière de calme plat, mais le vent s'était levé le matin et Érik avait ordonné qu'on amène le spinnaker. Vue de loin, la toile déployée faisait une plaie rouge dans le ciel de la mer Égée : la lumière de Grèce ne laisse rien dans la demi-teinte. Jenny n'aurait jamais cru que la voilure s'étendît sur pareille surface. Lorsqu'on la regarde du pont, la perspective ne donne pas la mesure de ses dimensions.

Elle hurla. Mais le bateau était déjà loin et les

rafales de vent y faisaient cliqueter les élingues et claquer les voiles. Les vagues donnaient contre la coque.

Comme tous les après-midi, Greta et John étaient descendus dans la cabine arrière. Depuis qu'ils avaient découvert l'intense pouvoir érotique d'un bateau, ils ne se lâchaient plus. Albrecht cuvait son gin, allongé, sur le pont avant, la revue *Optimum* en pare-soleil sur le visage. Érik tenait la barre : obsédé par la rectitude du bord de fuite du foc, il ne pouvait se douter que Jenny se fût penchée à la proue.

Elle ne serait pas tombée si elle n'avait bu. Elle buvait parce qu'elle en voulait à Érik. Ce petit merdeux la délaissait, il ne s'intéressait qu'à la météo. Jamais elle n'aurait cru que l'aiguille d'un baromètre pût concurrencer ses seins magnifiques. Elle se sentait jalouse de la mer ! Si elle avait su qu'elle éprouverait un sentiment d'une telle banalité, elle n'aurait jamais accepté de monter à bord. Restait le gin pour faire passer le temps. Mais le gin fait tituber, surtout sur un bateau. C'est un alcool si mauvais que l'estomac l'expédie le plus vite possible dans le sang. Il ne devrait jamais y avoir de gin à bord d'un bateau. Le gin avait fait trébucher Jenny.

Elle cessa de hurler. Non pas qu'elle eût compris que cela ne servait à rien, mais parce qu'elle s'était mise à pleurer. Elle avait une capacité stupéfiante à l'apitoiement sur soi. Elle avait vingt et un ans, venait de tomber à la mer et sa vie de mannequin international ne l'avait pas préparée à cette situation. Elle passa sur ses lèvres une langue musclée qui, ce mois-ci, léchait le talon d'une chaussure Gucci en couverture de *Vogue*.

Dans combien de temps les autres s'apercevraient-ils qu'elle n'était plus sur le yacht ? Il pouvait s'écouler des heures avant qu'ils ne s'inquiètent. À bord pas plus qu'à terre, on ne se préoccupait de son prochain. On était parti pour une « virée entre amis », c'était les mots qu'avait employés Érik au téléphone avec une voix vicieuse pour les inviter sur son bateau. La promiscuité avait révélé qu'on n'était pas amis. Dès le premier jour, chacun s'était cadenassé dans l'assouvissement de ses jouissances. Albrecht se saoulait, John ne pensait qu'au cul de Greta, Érik au bateau et elle à rentrer. Dire qu'elle supportait cette faune visqueuse de producteurs et de photographes depuis quatre ans. Tout ça pour se retrouver en bikini rouge (Gucci) au milieu de l'Égée.

Le cargo *Hispania*, battant pavillon biélorusse, avait essuyé une tempête violente et brève au large de Malte ; un de ces coups de vent méditerranéens qui sont des coups de hache. Les rafales avaient dévalé du sommet de l'île. Le grain avait vaporisé la surface de l'eau, puis le calme était revenu. Mais l'une des sangles qui retenaient un conteneur, déjà durement éprouvée par la houle de l'océan Indien, avait cassé net, propulsant le caisson par-dessus les francs-bords du pont avant. L'énorme volume de métal avait rebondi sur la coque dans un bruit d'explosion. Joaqim de Samoreira, le capitaine, avait murmuré « *puta di puta di mierda di puta* », mais il n'avait donné aucun ordre. Sur les cargos, on ne récupère jamais les caissons : les assurances paient. Il en tombait dans l'eau à chaque voyage. Parfois, la tôle s'ouvrait sous le choc et le contenu était rejeté sur le rivage, ce qui donnait lieu au sein des populations côtières à des scènes de réjouissance. Une année, quinze mille ours en peluche étaient venus s'échouer sur le rivage des Lofoten, juste avant Noël. Seuls les mômes qui reçurent tous le même cadeau au pied de l'arbre n'avaient pas été contents. Une autre fois, des milliers de paires de Nike avaient atteint les côtes de la basse Californie et pendant un mois on avait lu dans les journaux de la région des annonces telles que « échange pied droit 44 contre pied gauche 37 ».

Le conteneur arriva à portée de nage de Jenny juste avant le coucher du soleil. Elle était dans l'eau depuis trois heures de l'après-midi et ses dents commençaient à claquer. La plaque de tôle sur laquelle elle se jucha dépassait d'une dizaine de centimètres de la surface de l'eau. Un morceau de sangle encore fixé à une manille traînait dans l'eau. Jenny se noua la taille. Elle s'endormit dans la nuit douce.

Le lendemain à midi, le capitaine du caïque *Ephemeris*, balayant l'horizon de ses jumelles, aperçut dans l'œilleton la plus belle fille qu'il eût jamais vue de sa vie, à demi nue, flottant à quelques centimètres au-dessus de la surface de l'eau, les cheveux défaits, sans connaissance. Il accosta contre le caisson en se disant qu'aucun des pêcheurs de Naxos ne le croirait jamais.

Juste avant d'embarquer la fille à son bord, il prit une photo avec le petit appareil qui lui servait à photographier les bonites.

Jenny se réveilla sur un tas de filets qui sentaient le poisson. Le capitaine lui adressa un sourire et, comme il était un peu impressionné par la beauté de la fille, s'abstint de penser « belle prise ! ». Il lui servit une tasse de café dans un quart en métal rouge ainsi qu'un hareng à l'huile. C'était la première fois que Jenny mangeait un hareng à l'huile. Ce fut aussi la première fois qu'elle termina son assiette. Elle en lécha même le fond de toute sa langue magnifiquement charnue et le Grec dut se concentrer sur le cap. Il entreprit ensuite de lui énumérer toutes les espèces de poissons qu'il ramassait dans ces eaux, « girelle, lieu noir, julienne, thon, rascasse », mais ce n'était pas le genre de conversation qui faisait succomber une fille telle que Jenny, qui avait déjà eu cent cinquante-quatre aventures sexuelles avec les chanteurs et banquiers les plus en vue de Londres et de Moscou. Elle se rendormit jusqu'au port de Naxos, où le petit bateau toucha le quai au soir venu. Cela faisait trente heures qu'elle était tombée du yacht. Elle fut reçue par le maire et le chef de la capitainerie. On avait signalé sa disparition la veille au soir. Un hélicoptère avait été envoyé pour appuyer les quatre vedettes de secours. Sur le yacht, ses amis avaient participé aux recherches avec les gardes-côtes. Le photographe du journal local (*Le Courrier de Scylla*) fut fasciné par la splendeur de Jenny et grilla sept bobines de film en la faisant poser à la proue du cargo, puis sur le filet où elle avait dormi, puis avec le capitaine qui l'avait sauvée, et enfin avec le chef de la capitainerie qui insistait beaucoup. Dans l'euphorie, malgré sa fatigue et l'envie d'un steak au poivre, Jenny se plia de bonne grâce à la séance. Ces gens étaient si gentils. Le lendemain une photo de Jenny couchée sur le filet à poissons s'étalait à la une du journal sous le titre « Belle prise ».

Les rédacteurs en chef de la presse régionale grecque appartiennent à une race beaucoup moins bien élevée que les patrons de pêche.

À cause de la beauté de Jenny, l'affaire fit grand bruit en Grèce. Tous les journaux voulaient les photos. On titrait : « La miraculée de l'Égée », « Une sirène dans les Cyclades », « Le sauvetage de Nausicaa ». Certains commentateurs profitèrent de l'événement pour dénoncer la complaisance du gouvernement à l'égard des transporteurs battant pavillon de complaisance et semant les conteneurs dans leur sillage.

Lorsque le capitaine du bateau de pêche développa son film, il eut une belle surprise. La photo de Jenny endormie sur le caisson était superbe. La scène était baignée d'une lumière mythologique, la mer était noire, Jenny dormait, abandonnée dans une position enfantine mais érotique, la jambe droite repliée, un sein dévoilé, les cheveux en couronne d'or, l'ovale du visage recueilli dans le creux du coude… Une jeune déesse grecque dans un somptueux animal humain. Il envoya le cliché à *Vogue.*

La photo fit la couverture du magazine le mois

d'après. Le capitaine reçut 10 000 euros, soit l'équivalent du produit de la vente de trois tonnes de morue à la criée du mercredi (3,20 euros le kilo). C'est alors que la directrice du service de presse de Gucci parvint à lire à la loupe le numéro d'immatriculation inscrit sur le conteneur de la photo. Une cargaison de sacs Gucci avait justement été portée manquante le mois précédent. On fit quelques recherches : c'était le caisson en question. La Vénus avait été sauvée par un conteneur appartenant à sa propre maison ! Pour le service de communication du couturier, l'affaire avait une allure de miracle. Pendant quatre ans, l'image servit d'affiche à la marque. Elle s'étala de Paris à Johannesburg et d'Amsterdam à Singapour. Le capitaine s'acheta une villa sur les hauteurs de Naxos ainsi qu'un nouveau bateau et il écrivit tous les ans à Jenny en lui disant de passer le voir.

La jeune fille n'honora jamais l'invitation parce que, cinq heures après sa chute, elle était toujours dans l'eau. Le yacht d'Érik avait disparu de l'horizon. Le soleil se couchait. Jenny venait de boire la tasse, car elle s'était endormie quelques secondes, juste assez pour faire ce rêve. À présent, tout engourdie de froid, elle sentait ses forces la quitter.

Le naufrage

> J'ai fait naufrage sur cette mer déchaînée qu'est le monde,
> j'ai vu couler à pic tout ce que j'attendais de la vie.
>
> Schiller, *Les brigands.*

Peu avant l'an 300 avant Jésus-Christ, la tête d'une colonne de trois cent mille cavaliers et fantassins quittait la rive gauche du Danube et prenait la direction du sud sous le commandement du Brenn, chef gaulois.

Au soir du deuxième jour, dans un ciel de sang augurant des luttes prochaines, la queue du serpent de chair et d'acier, déroulant ses anneaux au départ de chaque nouvelle section, s'ébranla. Dans les rangs, émergeant du tumulte, fusaient des ordres dans les parlers de Celtie, de Gaule, de Borée et de pays situés entre les bras du Rhin et les rives de la mer Noire. Des cavaliers ibères montés sur des pur-sang du Pount côtoyaient des mercenaires de Ligurie aussi disciplinés que les phalangistes romains. Des lanciers illyriens au corps cuivré commandaient à des Gaulois puant l'hydromel, mais habiles à manier le glaive court. Des Wallons aux barbes blondes aiguisaient leurs poignards sur des meules en calcaire des Apennins que des maîtres rémouleurs de Lombardie convoyaient dans leur barda. Jamais on n'avait vu troupe plus hétéroclite. Seul l'objectif était commun : conquérir et piller.

Le Brenn avait rassemblé des hommes que rien ne liait. Il avait visité les tribus et harangué les chefs. Il avait promis de fastueuses razzias. Les Barbares avaient frémi d'excitation en entendant prononcer le nom du pays que le Brenn offrait à leur avidité : la Grèce ! Le plus vieux, le plus riche des royaumes de l'œkoumène, que les blanches falaises défendaient des ressacs égéens. Les esclaves hellènes du Brenn avaient été exhibés devant les soldats. Ces pauvres hères pliés par le fouet avaient décrit quel genre de trésors se chauffaient au soleil du Péloponnèse. Ils avaient peint les fastes des temples de Minerve. L'avidité avait allumé le regard des brutes. L'armée des loups du Brenn s'était ainsi gonflée.

En Thrace, on raconta que le nuage de poussière soulevé par la horde restait une journée en suspens avant de retomber. La troupe traversa la Macédoine, la Thessalie et s'achemina vers la Grèce centrale. Elle labourait la terre de son pas et laissait derrière elle une couche de cendre qui épongeait le sang. Alexandre de Macédoine avait brûlé les forces de son peuple dans la fournaise de l'Orient. Nul citoyen d'aucune cité de

Grèce n'avait assez de puissance pour enrayer l'assaut.

Des frères jumeaux, Harlaad et Bathanat, originaires du pays guelfe, par-delà les forêts teutoniques, commandaient la garde du Brenn. Ils montaient des étalons noirs et ne prenaient pas de repos. Ils rôdaient sur le flanc des colonnes, surgissaient à la tombée du jour dans les carrés formés autour des feux de bois, se déplaçaient aussi silencieusement que des ombres. Pas un des soldats du Brenn n'apercevait sans trembler leurs silhouettes. Les jumeaux n'accordaient pas plus de prix à l'existence qu'à une poignée de sable et ils tranchaient les têtes qui ne se baissaient pas assez vite. Dans les combats, ils étaient toujours aux premiers rangs et se battaient avec indifférence, un sourire triste aux lèvres jusqu'à ce que l'écume moussant aux flancs de leurs chevaux se colore du sang des ennemis dont ils fauchaient les vies à grands moulinets de bras. Ils ne se parlaient pas, se comprenaient d'instinct. Les hommes de troupe les surnommaient *les Centaures.*

À Delphes, le Brenn, debout sur le pavois d'argent que soutenaient deux Thermopyles, expliqua que le temple d'Apollon, sur la crête, recevait depuis des décennies les offrandes des citoyens hellénistiques. Cette corne d'abondance était ouverte aux appétits de ses fantassins et les récompenserait de leur marche forcée. Les Delphiens échappèrent au massacre grâce à la Pythie, qui les adjura de ne pas barricader leurs magasins et de laisser les Barbares piller leurs caves. Les Gaulois, étourdis par les vins du Parnasse, furent moins cruels qu'à l'accoutumée. Sous la conduite des deux Centaures, ils vidèrent le temple d'Apollon. À la fin du jour, il ne restait plus rien du trésor de Delphes. Alors qu'on achevait de charger le butin sur les chariots du Brenn, des nuées d'acier capuchonnèrent le Parnasse et l'orage s'abattit sur la cité. Dans les zébrures d'éclairs les uns décelèrent l'intercession d'Apollon, les autres, la colère de Bélénos. La panique gagna les rangs gaulois. Le Brenn sonna la retraite pour ne pas risquer la débandade. Les citoyens de Delphes vivifiés par le secours du Ciel harcelèrent les arrières colonnes de la horde. Six mille hommes du Brenn tombèrent. Le reste de l'armée ne s'occupa pas de ses morts : que pesait la montagne de leur chair à côté de l'or raflé ?

La retraite se poursuivit sous un ciel de malédiction. Les Grecs se ressaisirent. Le sort avait tourné pour la meute des loups. Des troupes de volontaires hellènes — campagnards et citoyens — assoiffées de vengeance harcelaient les flancs barbares. Les nuages apportaient chaque jour de nouvelles tempêtes. Le froid et la faim minaient les forces. Qui aurait cru que cette armée de gueux, traînant sandale dans la neige, puisse posséder un trésor d'empereur ! Des soldats tombaient d'épuisement. On ne les relevait pas. Chaque être abandonné sur le chemin augmentait la part finale des survivants. Seule la perspective du partage et les coups de fouet des jumeaux teutons maintenaient la discipline. Le chef gaulois blessé à la gorge à Delphes mourut avant la frontière. Les hommes, rendus à l'état de cadavres vivants, quittèrent la Macédoine. Lorsqu'ils jugèrent la colonne en sécurité, les Centaures sonnèrent la halte. On disposa les faisceaux, on chassa le gibier. À la lueur des foyers où grillaient des cerfs élaphes, les chefs comptèrent les hommes et au matin on déchargea les chariots pour procéder à la distribution de l'or delphien. Grâce aux deux Centaures teutoniques, le partage ne tourna pas au carnage.

Les jumeaux s'en furent avec leur part dans un coffre de bois qu'ils serraient à tour de rôle sur les arceaux de leurs selles. Contrairement aux hommes de l'armée disloquée, ils ne poursuivirent pas vers le nord, mais rebroussèrent chemin, revinrent en Macédoine et, chevauchant sous la lune dans des maquis pierreux, prenant soin de contourner les hameaux, mirent cap sur la côte du Fanas, qu'ils atteignirent en trois jours. Le soir tombait quand ils fondirent, le mors aux dents, dans les venelles d'un petit port de pêche. Avant même de lâcher l'amarre qu'il était occupé à lover, le propriétaire d'un bateau marchand amarré sur la jetée fut décapité. La tête roula aux pieds des ravaudeurs. Les diables guelfes laissèrent leurs étalons piaffer sur les pavés, prirent pied sur l'esquif, jetèrent pardessus la bordée deux esclaves nubiens qui chargeaient des amphores. Ils hissèrent les voiles, le bateau s'arracha du quai. Les chevaux écumaient à terre, privés d'ordres, séparés de leurs maîtres. Les deux frères prirent le large par fort *meltem.*

Ils avaient pour plan de gagner le repli d'une île isolée. Il fallait laisser passer les orages déclenchés en Grèce. Plus tard, ils reprendraient la mer, dépasseraient les colonnes d'Hercule, contourneraient la péninsule des Ibères pour toucher aux rivages de Gaule, afin de regagner les côtes baltiques par les forêts de chênes. L'itinéraire était long mais plus prudent qu'une incertaine retraite à travers la Pannonie, où devaient pulluler les fauves de feu le Brenn, fantômes d'une armée dissoute, chiens rendus à la loi des loups.

Deuxième jour de navigation, ciel d'azur. D'étranges nuages se pressaient au-dessus du front de Harlaad et Bathanat. Pour la première fois dans leur existence, la discorde s'immisçait entre eux. Elle naissait sournoisement. Pareille à cette légère brise du matin qui devient un violent vent du nord aux heures chaudes. Les deux frères se parlaient davantage que de coutume et ce signe manifestait que le destin tournait. L'or contenu dans le coffre troublait leur entente, irradiait dans l'atmosphère ses ondes corrosives. Le rayonnement jaune agissait sur les liens magiques de la gémellité, désaccordait les battements en écho de ces cœurs de même sang.

Le coffre avait été arrimé au pied du mât, sur le pont extérieur. Les frères perdirent le sommeil à se surveiller. Harlaad se levait avant l'heure de son guet. Bathanat bondissait au moindre craquement. Pour peu que Bathanat scrutât l'horizon, Harlaad avait le sentiment qu'il fixait le coffre. Ils se défiaient du regard avec suspicion.

Le quatrième jour au large d'Ilinos, Harlaad surprit Bathanat près du coffre. Les cordages étaient distendus et il fallait les resserrer. C'est l'explication que Bathanat avança et qui lui valut d'être traité de menteur. Harlaad ajouta qu'il n'y avait pas de place pour cette race sur le pont d'un navire. L'affront lui valut un coup à la mâchoire. La lutte dura une seule minute. Les corps roulèrent sur le pont. Ils vécurent le combat comme une expérience étrange : chacun ressentait en ses propres nerfs les coups qu'il assenait dans la chair de son frère. Ils avaient assez de force pour s'entretuer. Ils n'en eurent pas le temps parce que le bateau avait dérivé contre les récifs du cap Naxanos. Une saillie ouvrit la coque et le navire coula. Les frères furent engloutis et Poséidon ne jugea pas utile de prêter secours à deux Hyperboréens.

*

Mai 1930. Deux mille ans après cet événement, sur la jetée principale du port de Naxos, trois hommes dans un voilier discutaient d'une affaire.

— Cent cinquante mille dollars !

Cent cinquante mille dollars, c'est beaucoup, mais ça dépend pour quoi. Il y a des informations qui valent leur prix. C'est ce que se disait le Grec pour se conforter. Il n'avait jamais prononcé dans sa vie le montant d'une pareille somme et comme tous les prolétaires élevés dans l'idée que leur condition résulte d'une malédiction historique, il avait peur de la richesse. Karl et Ernst se regardèrent un moment. Ils étaient jumeaux parfaits, très beaux et avec des yeux bleu baltique, mais ceux de Karl tiraient sur le blanc.

— Attendez-nous ici, monsieur le Grec, servez-vous du whisky, nous allons réfléchir, dit Karl.

Les deux messieurs appelaient le Grec « monsieur le Grec » et le Grec s'était habitué à ce surnom. Les jumeaux montèrent sur le pont. Ils étaient vêtus de polos de laine blanche écrue à larges côtes et de pantalons en coton léger, et le Grec se demanda comment ils se débrouillaient pour les maintenir parfaitement repassés. Il eut honte de son T-shirt gras. Il tira son col et regarda son gros ventre blanc couvert de poils noirs. Eux, les vieux, étaient secs comme des élingues. Dans les pays pauvres, les pauvres sont maigres, mais dans les pays riches, ils sont gros. S'il obtenait l'argent, il irait en Afrique, à Gorée, il ouvrirait un centre de pêche pour les touristes. À midi, il servirait des *mésés* à ses clients, et le soir il les emmènerait pêcher le mérou. Avec cent cinquante mille dollars déjà qu'on est le roi, mais chez les Africains, on est l'empereur. Le Grec se resservait une lampée au moment où Karl et Ernst redescendirent. Le Grec observa leurs cous bronzés : la peau faisait un double pli de part et d'autre de la trachée, comme chez les tortues, sauf que ces types ressemblaient plutôt à des félins.

— Monsieur le Grec vous êtes exigeant, dit Karl.

— Oui, mais il y a des informations qui valent leur prix, répondit le Grec qui avait répété la formule avant de venir.

— Colossale somme, dit Ernst, nous ne pourrons souffrir la moindre approximation.

— Il n'y en aura pas. Cent cinquante mille dollars et je vous amène où je vous ai dit.

— Vous aurez la moitié tout de suite en liquide, puis un quart sur place après la première plongée et la dernière livraison quand on aura remonté la chose.

— Ça se discute pas ?

— *Nein.*

On décida d'un départ le surlendemain, ce qui laissa au Grec le temps d'acheter des vivres pour dix jours (« cigarillos — avait écrit Karl sur la liste —, feta, whisky et légumes frais »), d'ouvrir un compte à la Banque nationale d'Athènes et de changer de T-shirt.

La mer était très belle et le vent portait bien. On passa Samos, Icare, Patmos. Sitôt que s'éloignait une côte, la suivante surgissait. Les voiles parfaitement tendues n'émettaient pas le moindre claquement. Le ciel était bleu, des îles pointaient à l'horizon. Si dans la Grèce de l'âge du marbre se sont développées des écoles de pensée d'une solidité éternelle, c'est grâce à la simplicité de sa géographie. Il n'y a rien qui puisse prêter à la confusion mentale dans ce paysage. La Nature réduite à l'expression de ses éléments — l'air, la terre, la mer — a mâché le travail des philosophes en leur offrant une vision limpide de l'ordonnancement du monde.

Les deux yachtmen étaient impassibles dans leur tricot blanc. Ils portaient des lunettes de soleil et tenaient le cap, au degré près. De temps à autre, l'un d'eux accomplissait un tout petit réglage afin de maintenir l'équilibre du voilier. Le Grec gardait le silence, il avait faim mais n'osait pas le dire. Ce n'était pas le genre de préoccupations dont on faisait part à des types comme Ernst et Karl. Les deux frères ne disaient rien. L'étrave bien coupée fendait la mer sans à-coups, le silence régnait. Le Grec supportait mal ce calme. Il était habitué au littoral grec, où le swing des clubs avait remplacé les ressacs.

Il repensa à ce jour d'avril où il remontait ses filets. Lorsqu'il découvrit les deux poignards en or puis, en les jetant à nouveau, lorsqu'il pêcha des boucles de ceinturon, il comprit qu'il tenait fortune. Le soir de la découverte, en rentrant au port de Naxos, il demanda aux frères allemands de le recevoir à bord de leur ketch.

Les jumeaux s'étaient installés dans la marina deux années auparavant et on ne savait pas grand-chose d'eux sinon qu'ils étaient du Mecklembourg, qu'ils étaient très riches, s'adonnaient à la plongée sous-marine, buvaient du champagne, le soir, sur la coupée, naviguaient peu et s'intéressaient aux objets de collection. Ils battaient souvent la région en quête d'antiquités puis disparaissaient quelques jours vers la Turquie avant de revenir au port. La rumeur les tenait pour des receleurs. Un jour, les douanes, munies d'un mandat, avaient fouillé le voilier. Les Allemands avaient assisté à l'opération en fumant des cigares dans des fauteuils d'osier, sur le quai. Les officiers étaient repartis bredouilles. Le Grec, de temps à autre, délaissait ses filets et ses paniers à crustacés et se louait aux Allemands. Il briquait l'accastillage, restaurait les haubans. Les frères l'aimaient bien malgré sa saleté.

Le soir de sa découverte, lorsqu'il déroula les chiffons dans lesquels il avait enveloppé les poignards, il comprit qu'il avait touché juste car Karl qui ne disait jamais un mot inutile ne put se retenir.

— *Ach !*

Le Grec montra ensuite les boucles de ceinturon. Ernst leva les sourcils. Les Allemands n'avaient pas habitué le Grec à une telle expansion. Ils étaient ferrés.

Le pêcheur savait que les chasseurs de trésors s'exposent à la convoitise des autres pilleurs autant qu'à la sévérité de la justice. Il n'avait pas les ressources nécessaires à une campagne de fouilles. Il n'aurait pas su à qui refourguer les pièces. Il y a des mains qui ne sont pas faites pour les butins brûlants. Il était plus raisonnable de monnayer son secret en laissant aux deux frères la jouissance de ce qu'ils renfloueraient. Aux jumeaux, les risques, et à lui les cent cinquante mille dollars. Le Sénégal ! L'avenir ! Voilà comment on se pêche une nouvelle existence dans un filet à sardines.

Le Grec guida les frères jusqu'à la corne nord

de l'île. Un récif constitué d'émiettements de granit émergeait à trois cents mètres de la ligne de côte, une de ces charpies de rochers dont les affleurements ne se distinguent que par l'écume. Le Grec fit doubler la position et chercha l'endroit. Les Allemands obéissaient à ses indications.

— C'est là ! dit le Grec.

— *Gut,* dit Ernst.

— Profondeur ? questionna Karl.

Ernst, à la sonde, cria :

— Quinze mètres !

— Position ?

— 38°45´ Nord et 22°55´ Est.

— *Ach !* dit Karl.

L'endroit correspondait à une indentation de récif sur le flanc sud-ouest de l'île, juste à l'extrémité d'un bras d'anse naturelle qui protégerait le bateau du *meltem.* On jeta l'ancre, on fila quarante mètres de chaîne. L'ancre chassa puis mordit la roche. Le Grec trouvait les Teutons fébriles, bien qu'ils s'évertuassent à le cacher. Leur excitation se traduisait par d'imperceptibles changements de comportements. Karl se lissait les cheveux plus souvent que de coutume, d'un geste coupant, et Ernst concluait chaque manœuvre d'un *gut, gut, sehr gut,* ce qui, chez un Mecklembourgeois à sang froid, traduisait un grand désordre de l'âme. L'annexe de bois amena les trois hommes jusqu'à une plage de sable. Tout au long du soir, on déchargea des caisses et le matériel de plongée.

L'or qui dormait si proche, par quinze mètres

de fond, dans la douceur de l'Égée, agissait de toute la puissance de ses radiations. Le champ magnétique de certains êtres est particulièrement sensible aux émissions invisibles des métaux précieux. Au XIXe siècle, des théoriciens de l'énergie ont étudié ces phénomènes de rayonnement et démontré que les épisodes de *ruées vers l'or* qui émaillent l'Histoire des nations n'étaient autres que d'irrépressibles élans de chair vers une source irradiante. Le Grec, qui n'avait pas étudié la littérature occulte, se rendait tout de même compte que les Allemands n'étaient pas dans leur état normal.

On retourna à bord du voilier. La nuit fut épuisante. Karl et Ernst ne trouvaient pas le sommeil et le bois des bannettes craquait. L'aube arriva, on plongea. Les Allemands ne tenaient pas à s'attarder dans les parages et mirent au point un système de rotation : un frère sur le pont triait et lavait ce que l'autre avait chargé dans le panier, et l'on se relayait toutes les heures et demie. Organisation prussienne et musique lyrique : pour dissiper la monotonie des heures, on avait branché un gramophone qui jouait l'ouverture de *Lohengrin*. Le Grec, de plus en plus inquiet, faisait rissoler des tomates aux oignons et lampait du whisky en jetant des regards vers le large.

Le butin dépassa les espérances. D'habitude les chasseurs de trésors tombent de haut quand ils rêvent à d'improbables moissons. Combien de plongeurs qui croyaient avoir mis la main sur l'Eldorado doivent se contenter d'un tas de vaisselle en terre cuite mangée de coquillages ? Cette fois, c'était comme si le Grand Inca avait vomi dans l'Égée le trésor de l'Empire.

Il s'agissait du butin du pillage d'un lieu saint. À travers son masque de plongée, Karl avait identifié aux premiers coups d'œil des objets votifs grecs antérieurs au IIIe siècle et notamment des figurines d'Apollon en or massif. L'épave, presque entièrement désagrégée, laissait reconnaître un petit vaisseau de charge grec de 30 pieds de long. La coque avait certainement cogné contre le récif et le vaisseau coulé à pic dans un creux du tombant. La nef s'était fichée dans l'axe d'une faille et le bois s'était désagrégée, sans que le contenu de la cale s'égaille dans les courants, protégé par le berceau pétré. Les Allemands travaillèrent quinze heures d'affilée le premier jour. Le ciel était rouge quand ils consentirent à prendre du repos. La nuit, ils établirent des quarts de deux heures, mais le Grec fut dispensé de tour de veille. Le pêcheur découvrit avec déplaisir que les jumeaux disposaient à bord du bateau d'une panoplie d'armes de guerre : pistolet Luger et fusil Mauser.

Au soir suivant, Ernst et Karl avaient arraché à l'épave tout ce qui y brillait. Il y avait de quoi remplir une cantine : des armes, des plateaux, des poignards, des fibules, des calices, des foudres et des cloches. « Merde, merde, de l'or, de l'or, rien que de l'or », avait murmuré le Grec, s'attirant un regard d'Ernst d'un bleu si aiguisé que son âme en saigna. Les Allemands n'attendirent même pas que le troisième jour pointe pour lever l'ancre. Il fallait quitter les lieux avant d'éveiller les curiosités.

On navigua de nuit sous une lune païenne. On visait le port de T…, où l'on avait prévu de débarquer le Grec. Il partirait avec ses émoluments et l'ordre de se taire. Les deux frères, eux, continueraient leur course. Ernst réactivait sans relâche le gramophone et le bateau tirait dans son sillage des haillons de musique : fracas de cuivre et coups de timbales. Les Allemands avaient des regards électriques. La cantine d'or reposait dans la cabine avant. Le Grec se tordait les lèvres.

Le soir, Karl et Ernst s'échangèrent des propos d'une acidité dont ils n'étaient pas coutumiers. Au cours de la nuit, le Grec, torturé par l'insomnie, sortit sur le pont pour baigner ses yeux dans le clair de lune. Il sursauta en passant dans le cockpit. Les deux frères veillaient, Karl à la proue, Ernst à la barre. Immobiles, ils se fixaient. Ils ne se quittèrent pas des yeux jusqu'à l'aube. Le manque de sommeil avait rougi leurs paupières. Ils s'épièrent tout le long du quatrième jour. Le bateau filait plein est. Au cours de la journée et de la nuit suivante, on ne prit plus de repas. On se contentait de happer quelques vivres dans le garde-manger. On vivait sur des braises. Les jumeaux aux aguets sombraient dans des siestes rapides. La fatigue fit sauter les verrous génétiques qui prémunissent les jumeaux du fratricide. Chacun attendait l'instant de fondre sur l'autre. Le whisky ne calmait plus les tremblements du Grec, qui avait pris en charge le gramophone et le remontait en pensant que les symphonies apaiseraient la démence.

Le sixième jour, à midi, des éclats de voix précipitèrent le Grec sur le pont. Karl reprochait à son frère ses visites dans la cabine de proue. L'autre répliqua qu'il fallait veiller à ce que la cantine ne cognât pas contre la paroi. Le premier coup de feu partit quand le mot de « menteur » fut prononcé. Karl reçut l'insulte, Ernst reçut la balle, mais il eut le temps de tirer lui aussi avant de s'écrouler. Combien de secondes le Grec resta-t-il devant les deux cadavres ?

Le bateau percuta à neuf nœuds de vitesse les récifs du cap Milénos, devant l'île de X… La coque explosa et la dernière pensée du Grec fut pour ses années de boisson qu'il aurait dû mettre à profit pour apprendre à nager. Mais les gens se croient immortels et négligent les précautions. Les eaux avalèrent le bateau. L'écume bouillonna puis la mer effaça tout. Après avoir englouti le secret des Centaures guelfes, l'Égée recouvrait celui de Karl et Ernst. À part quelques philosophes grecs qui le prêchaient autrefois, il n'y a que les dieux de la mer qui sachent que l'Histoire se répète.

La chance

Cendrars en verserait, des larmes salées. La ville a vécu. Panamá l'a tuée, il y a cent ans, en épargnant le Horn aux transatlantiques. Les bateaux ne s'aventurent guère devant le cap, ils coupent par le canal. Les équipages n'ont plus à se refaire une santé à Valparaiso. La ville s'est assoupie sur son rivage. Rien n'est fatal comme devenir inutile.

Cette ville, autrefois, était un hospice avec les bars du port en guise de pavillons de santé. On s'y installait quelques semaines en convalescence. On se remettait à coups de pisco des rugissements des quarantièmes. On attendait l'ordre de repartir et c'était une époque où l'on savait attendre ! Aujourd'hui, dans les établissements ne flotte même plus le parfum des lieux oubliés. Les Chiliens boivent du vin français en rêvant des États-Unis. Ils ont élu une femme qui discourt sur l'ordre mondial. Les généraux ne s'assassinent plus. Dans la rade, il n'y a que les destroyers qui oublient que le temps passe. Ils tournent, hérissés de canons, ignorant que l'océan est Pacifique.

L'électricité a conquis la ville. La nuit, les collines brillent. On se bat pour savoir si la ville en compte quarante-deux ou quarante-cinq. Les spécialistes se déchirent. Les journaux prennent parti. On en discute chez soi. On a les débats qu'on mérite. Ces collines nous hantent jusque dans le sommeil. À Valparaiso, le cauchemar serait d'oublier ses papiers en arrivant en bas de la ville et de négliger de serrer le frein à main une fois remonté.

Les maisons escaladent le fil des versants, posées en équilibre. Des écheveaux de fils électriques les relient. On les croirait encordées les unes aux autres. On n'oserait pas tirer sur les câbles de peur que la ville ne s'écroule. Dans le port autrefois, c'étaient les élingues qui cliquetaient. Elles coupaient les rafales d'un sifflement. Du quai, on voyait l'horizon à travers la treille des écoutes. Un bateau, c'est une harpe de cordage qu'on va parfois faire jouer sur l'eau.

Le peintre avait vécu tout ce temps à quai à bord d'un petit sloop en bois qui datait de l'avant-guerre. Le voilier pourrissait derrière les docks. Un matin, en passant, il avait vu la pancarte « à vendre » avec un numéro de téléphone presque effacé par l'air salin. Il cherchait un lieu calme, il l'avait acheté, restauré, remis à l'eau. À bord, il avait tout reconstruit avec cette maniaquerie des gens qui choisissent dix mètres carrés pour univers de vie. Pas un bouton de porte qui n'ait son histoire. Il pouvait vous parler d'une plinthe pendant un quart d'heure. Il se noyait dans le détail, on n'osait à peine respirer.

Il avait appelé le bateau *L'Atelier* et, le jour du baptême, il nous avait dévoilé l'inscription gravée sur les moulures de gypse de sa table à carte : « Vent du large comme belle putain, jamais ne se lève matin ». Lui-même avait mis la devise à exécution. Il restait endormi jusqu'à midi, se réveillait en crachant ce que la nuit avait distillé, peignait l'après-midi, nous invitait à passer regarder son travail ou à descendre une bouteille, sortait le samedi pour acheter des couleurs place du 21-Mai et, le reste du temps, buvait dans son carré l'argent que lui avait laissé sa sœur, la chanteuse populaire Maria Ribeira, morte trente-cinq ans plus tôt d'une crise cardiaque sur scène. Finalement, l'atmosphère du vieux Valparaiso s'était réfugiée sous ce pont. Défilaient des marins qui n'avaient plus de bateaux, mais beaucoup de souvenirs. Il faisait leur portrait en échange d'une bonne histoire.

Parfois, l'un d'entre nous, tout jugement esthétique noyé dans l'excès de Pisco, achetait une toile. Notre ami n'avait jamais levé l'ancre, mais il peignait toujours la même chose sur de petites toiles carrées : la houle. Il avait inventé une école de peinture : celle qui donne le mal de mer.

Depuis quand le sloop n'avait-il pas vogué ? Son capitaine lui-même n'en savait rien. On n'avait jamais pu extorquer à l'ancien propriétaire la moindre information. Ce soir-là, les hasards des passages et des visites à bord nous avaient réunis dans le réduit du carré avec quelques fidèles de *L'Atelier* et deux anciens capitaines de la marine marchande. Un Chilien et un Argentin qui avaient connu Maria Ribeira à Buenos Aires. On était serré sur les banquettes, on se saoulait dans un nuage de tabac et le roulis mental nous donnait l'impression de naviguer. La routine.

La conversation roulait sur les revirements de fortune. J'avançai que dans les moments désespérés le sort peut revenir en mascaret et emporter la mise lors qu'on pensait tout perdu. Je crois aux miracles, je suis un optimiste de la volonté et je professais qu'à moins d'être totalement mort, rien n'est grave. Les deux capitaines opinaient, les autres somnolaient.

Le pisco avait rendu le peintre grave. En tant qu'artiste, il tenait à représenter la voix nihiliste. Il disait que le pire était toujours certain. Que la vie suivait la pente du déclin jusqu'à ce que retombe le couvercle. Que la chance est une drôlesse qui n'aguiche que le riche sur le trottoir de la vie. Des choses de ce genre. Tout ça, la main sur la bouteille, le cigare pendant, les cheveux plein de gouache.

Les capitaines étaient restés silencieux jusque-là. Soudain, le Chilien dit :

— J'ai vu l'incarnation de la chance. Elle flottait sur l'eau comme une déesse. C'était en mer d'Arafura. On livrait des régimes de bananes indonésiens à Perth. On capta un appel australien à la radio. Les gardes-côtes nous demandaient de nous porter vers les îles Wessel. La mer d'Arafura est une petite étendue d'eau chaude pas très profonde que j'avais déjà souvent sillonnée. Au temps des glaciations, c'était un isthme émergé. La bande de terre servait de passage entre l'archipel et l'Australie et lorsque je tenais mon quart, la nuit, je songeais qu'à deux cents mètres sous la coque il y avait des bêtes et des hommes qui avaient vécu, qui s'étaient aimés, qui s'étaient chassés et que…

— Tu fais une conférence ? dit l'Argentin.

— Un voilier avait chaviré avec six Australiens à son bord. Ils avaient caboté jusqu'au nord des Wessel et regagnaient la côte par la mer d'Arafura quand la houle avait forci. Les services de secours avaient reçu un *mayday*, mais comme ils venaient de Darwin, ils en avaient pour un moment et ils avaient demandé aux bateaux les plus proches de se dérouter. La tempête qui se déplaçait vers l'ouest nous frappa de plein fouet et nous ralentit beaucoup. Lorsque j'arrivai sur les lieux, nous avions une quinzaine d'heures d'avance sur les secours, mais plus d'un jour de retard sur les naufragés ! Nous avons cherché longtemps. Le temps s'était calmé, la mer était une plaine vide. Les requins avaient déjà tout nettoyé. Le jour tombait. Nous avons contacté la sécurité australienne pour dire que nous abandonnions. Je m'apprêtais à reprendre le cap lorsqu'un de mes hommes, jumelles en main, a crié : « Il y a quelque chose au nord ! » On a cru à une hallucination : « Quelqu'un flotte sur l'eau ! » On s'est approché. Une femme nous faisait des signes. Elle se tenait assise comme si elle avait été là, ce soir, avec nous. On a mis la chaloupe à la mer et c'est au moment de la saisir par les épaules que j'ai vu la tortue. La carapace faisait une tache claire sous la surface. L'animal est resté quelques secondes contre la coque puis a plongé tristement. La survivante avait été maintenue à la surface par la bête pendant trente-six heures.

— Je ne mangerai plus jamais de tortue, dit l'Argentin.

— Parce que ça t'arrivait souvent ? dit le peintre.

— Non, en revanche, les dauphins ; j'ai fait depuis longtemps le serment de ne plus y toucher. Ils m'ont été aussi précieux que la tortue à cette fille. Moi aussi je pense que le Ciel réserve des bonnes grâces lorsqu'on ne les attend pas.

— Les dauphins vous ont sauvé ? dis-je.

— Des tursiops, oui.

— Ramené à la rive ?

— Non, c'était une partie de pêche avec des Japonais. Il y a dix ans, j'habitais l'archipel et menais les navires de la compagnie de transport maritime de Kobé. Un jour, on a dû subir une sortie en mer avec le directeur. C'est très japonais, ça ; l'entreprise c'est comme la famille : il faut s'aimer, se connaître, vivre ensemble ! On embarque : petit bateau, matériel flambant neuf. Une journée magnifique, le soleil, l'eau argentée, la surface déchirée par les carangues. Au moment de rentrer, panique. Des dizaines de dauphins nous encerclent. Peut-être cent. Ils donnent du bec contre la coque et nous poussent vers le large. Ils passent des heures à baratter l'écume de la queue. La surface se met à blanchir. Imaginez un tapis de dos noirs luisant dans un bouillon de crème ! Le directeur refuse de mettre son moteur en marche. Je n'ai jamais su s'il craignait de blesser les bêtes ou d'abîmer son bateau. Le jour faiblissait, la mer rosissait. Pendant ce temps, la ville était en train de s'écrouler sous le tremblement de terre.

Je ne voulais pas être en reste. J'avais mon récit à ajouter à ce petit monument que nous étions tous les trois en train de dresser à la bienveillance du sort.

— J'ai une histoire que je tiens de mon père, dis-je.

— De la bonne fortune ? demanda l'Argentin.

— Plutôt, oui !

— On ne veut que des histoires vécues, dit le peintre.

— Mais je n'ai jamais rien vécu. Le seul bateau où je suis monté, c'est celui-là.

— Laissez-le raconter, dit le capitaine chilien.

— Mon père a servi deux ans sur le *Liguria,* un navire de la Pacific Steam Company qui transportait de la cargaison en tout genre sous toute latitude.

— J'ai connu, dit l'Argentin.

— Un jour, à la veille d'apponter à San Francisco, un marin chinois fut balancé par-dessus bord après une partie de poker. Il avait successivement joué et perdu ses vêtements, sa ration, sa paie du mois, ses économies du trimestre et finalement sa vie. Le capitaine avait interdit les paris sur la vie parce que les effectifs de main-d'œuvre étaient très faibles. Mais la discipline se relâche les veilles d'accostage. Le type aurait dû couler dans le courant froid de la Basse-Californie. Les assassins signalèrent sa disparition à leur commandant. L'enquête dura le temps de conclure à l'accident et d'inscrire *perdu en mer* sur le registre, à côté de son nom. Le lendemain, à peine le *Liguria* s'était-il rangé contre le quai qu'un homme demandait à rencontrer le capitaine pour l'entretenir d'un incident grave. C'était le Chinois. Deux heures après sa chute, un bateau de pêche l'avait récupéré. Il y avait une chance sur des millions pour qu'un bateau passe à sa portée. Une sur des milliers pour qu'on l'entende.

— La vie tenait à ce type, dit l'Argentin.

— Il y en a que le hasard gâte inconsidérément, dit le Chilien. J'ai rencontré à Salamanque un capitaine russe qui traversait la mer d'Aral en 1962 avec un petit transporteur rempli jusqu'aux plats-bords de vins de Crimée. La cargaison était arrivée par le train jusqu'à Aralsk au Kazakhstan et devait rejoindre la route de Tachkent. Pour gagner du temps, à l'époque, on coupait par l'Aral. Le navire fit naufrage en pleine mer. Vingt ans plus tard, la mer s'était envolée : pompée par les aménageurs moscovites. Le rivage a reculé à cent kilomètres de l'ancienne ligne littorale. Vous connaissez les images des bateaux échoués dans les dunes. À partir de ce moment, les gens ont continué à traverser la mer, mais en camion, en circulant sur le fond asséché et sillonné des pistes. Le capitaine roulait une nuit vers le sud. Il faillit percuter une ancre et tomba par hasard devant son épave. Non seulement le vin était intact, mais il avait pris vingt ans d'âge.

On n'avait pas convaincu le peintre. Il nous remercia pour nos efforts. Il ajouta qu'il ne croyait pas à un traître mot de ce que nous avions raconté, mais que même si le quart de nos récits était vrai, cela confirmait sa théorie.

— Nous vivons dans l'imminence du pire. Vos histoires signifient que, parfois, un grain de sable fausse le mécanisme et reporte la chute à plus tard. Convertissez-vous au pessimisme ! Cela aide à vivre.

On n'insista pas. Après tout on était chez lui et la politesse de ce côté-ci des Andes veut qu'on laisse le dernier mot à celui qui vous reçoit. On se salua, on se jura de se retrouver vite, on promit de passer voir les œuvres. Les adieux durèrent longtemps parce qu'on ne se rappelait jamais si on s'était déjà embrassé. L'air était doux sur le pont. Les collines scintillaient. « Je fais quelques pas sur la jetée avec vous », dit notre hôte. En enjambant le bastingage, il glissa, se cogna sur l'angle du plat-bord, tomba sous les pare-battages et disparut dans l'eau.

On le repêcha mort.

Au fond, il avait raison.

Le glen

Based on a true story.
En hommage à Adrian et Nicolas C., membres de la Royal Geographic Society et inspirateurs de cette histoire.

— Des bouteilles circulent peut-être dans l'établissement !

À l'insinuation du juge, le proviseur s'étrangla.

— Comment osez-vous…

Le collège St John était l'un des plus réputés du Royaume-Uni. Les services rendus à la reine par ce vaisseau de pierres posté en sentinelle sur le revers de la falaise de Fidlemor, en face du Glen Malkh, étaient inestimables. Pendant la Seconde Guerre mondiale, sur les vingt mille Spitfire qui rendirent très aléatoire la traversée de la Manche aux as de la Luftwaffe, trois cent cinquante-neuf furent pilotés par des volontaires qui sortaient de ses murs. En guise de ciel, ils n'avaient pourtant jamais rien vu d'autre que les brouillards roulant sur la côte de Malkh.

Des armées de magistrats étaient passées sous les plafonds de bois de St John, lustrés par les siècles. À la Cour suprême de Londres, certains juges avaient usé les mêmes bancs que les prévenus qu'ils condamnaient à cinq ans de réclusion pour *menées indépendantistes menaçant l'intégrité de la Couronne.* L'esprit de camaraderie ne franchit pas le seuil des prétoires.

Au moins deux gouverneurs des Indes et des dizaines d'officiers, avant de tâter des moiteurs mortifères du sous-continent, avaient connu l'enfilade de cours carrées de St John, séparées les unes des autres par des couloirs ogivaux et plantées de pelouses interdites. Rongés de malaria, bouffés par la vermine et les chancres vénériens, certains d'entre eux avaient songé avec nostalgie à leur collège d'enfance avant de rendre l'âme sous des palanquins où copulaient lentement des geckos bengalis.

Tout ce qui compte en Écosse, des Highlands au mur d'Hadrien, avait connu les bienfaits de l'enseignement de cet établissement — savant mélange de libéralité et de sévices corporels dispensés dans un climat propice à faire naître chez l'adolescent l'envie de courir les mers du Sud.

Si Oscar Wilde était passé ici, son sillage sulfureux aurait certainement imprégné les mousses des murailles gothiques d'influences démoniaques, mais, dans la bibliothèque, une plaque astiquée chaque matin par l'élève le plus brillant du trimestre rappelait que Walter Scott avait jeté sous ces voûtes mêmes les grandes lignes de son roman *Woodstock.*

Bref, passé prestigieux, présent irréprochable, avenir solide. Et voilà qu'un homme de robe sans surface — un natif de Kyntire, par-dessus le marché ! — s'impatronisait dans les affaires du collège, en suspectait la probité !

— Comment osez-vous… Venez voir, juge, dit le proviseur.

L'homme s'approcha de la fenêtre à vitraux et ouvrit un croisillon. Son bureau était construit dans l'aile ouest du bâtiment. Les murs du collège s'enracinaient sur le rebord de la falaise. La paroi noire prolongeait la muraille de l'édifice. Lorsqu'on se penchait, le regard tombait dans le vide jusqu'aux rochers de la grève, cent mètres plus bas. L'océan mordait furieusement le pied de l'accore. Il bavait.

— Voyez ce récif. Les murs de notre école sont du même roc : le granit de Calédonie a protégé nos ancêtres des razzias vikings. C'est un rempart infrangible que n'entailleront pas les vices de l'époque. L'écume bouillonne impuissante au pied des falaises. L'écume du temps, monsieur le juge, s'arrête pareillement à nos portes.

Le juge battit en retraite.

— Bien, je ferai mon enquête seul.

— Cela vaut mieux, dit le proviseur.

— Oui, dit le juge.

— Vous ne trouverez rien ici, insista le proviseur.

— Non, vous avez raison.

— Au revoir, monsieur le juge

— Au revoir, monsieur le proviseur.

Le juge Cairn était né dans les années quarante de l'union d'un pasteur anglais avec une épicière des Highlands. Il avait été élevé dans un collège du Kintyre où on lui avait donné de « l'enfant du traître » et de « l'Anglais » jusqu'à sa dix-huitième année. Depuis, il soignait les plaies de l'enfance en exerçant son magistère avec une sévérité redoutée dans tout le pays. Il avait un corps mou et jaune et des yeux de fou de Bassan. La pureté l'obsédait. La vertu avait sur lui les effets que le vice provoque sur les gens ordinaires : elle l'excitait. Il pensait qu'il en allait de la morale comme de la météo : certaines régions sont soumises à une atmosphère délétère, d'autres baignent dans la limpide lumière du Bien et du Vrai. La solution était de faire souffler les vents purificateurs pour chasser les masses dépressionnaires.

Ses congénères le dégoûtaient. Il tenait l'Écossais pour un barbare et voulait en extirper la brutalité. L'administration l'avait nommé au tribunal de Mallaig avec la tâche de faire régner l'ordre dans le district.

On lui avait donné un poste civil, il se croyait investi d'une mission civilisatrice.

L'année passée, il avait enfourché un nouveau cheval de bataille : la lutte contre l'alcoolisme. Chaque année le tabloïd britannique *Enquire* publiait les statistiques du *Home Ministery* et classait les régions selon la consommation d'alcool. Tous les ans, Mallaig arrivait en tête. Il n'y eut qu'une année funeste, en 1996, où le bourg de Hendon coiffa Mallaig au poteau, ce qui entraîna une vague de delirium tremens, car là-bas on fêta l'événement et ici on tenta de noyer l'affront.

En 1995, la BBC avait retransmis les scènes de l'arrivée des étudiants talibans dans Kaboul. Le mollah Omar avait ordonné la destruction des stocks d'alcool saisis. Les caméras avaient immortalisé un char d'assaut T34 écrasant une montagne de bouteilles de bourbon et de scotch pakistanais frelaté dans une explosion de verre, en plein quartier de Shar-i-Naw. Des Afghans enturbannés et armés d'AK47 surveillaient la scène, impassibles. Certains nourrissaient peut-être une réprobation secrète pour pareil gâchis, mais les barbes empêchaient de lire tout sentiment sur les visages. Les seuls qui n'en portaient pas étaient des Hazara passés dans les rangs talibans et dont les visages turco-mongols n'exprimaient rien. La scène avait réjoui le juge. Sa vocation lui était apparue, lumineuse. Il serait le T34 du glen ! Il ne laisserait plus un pays entier sacrifier à un dieu de douze ans d'âge.

Or le collège St John venait d'être le théâtre d'un incident préoccupant. Deux fillettes de treize ans s'étaient présentées un matin à la porte de l'établissement en titubant. À peine avaient-elles franchi l'enceinte qu'elles s'étaient écroulées sur les pavés de la grand-cour. Le diagnostic avait été facile : coma éthylique. Le médecin du petit hôpital local les avait sauvées, mais l'aînée, Lisa, conserva pendant trois mois et demi un tremblement de la paupière et une paralysie de la mâchoire dont elle se persuada qu'ils résultaient du choc sur les pavés de la cour et non des ravages de l'éthanol dans les terminaisons cérébrales.

Pour fêter les treize ans de la cadette, les deux écolières avaient descendu une bouteille d'*Arran single malt* au sommet de la colline qui surplombe les pinacles gothiques du collège. À 7 h 30 du matin, elles s'étaient assises sur leurs cartables pour se protéger de la tourbe. Une demi-heure plus tard, deux silhouettes graciles découpées dans le ciel dansaient un sabbat elfique sur le fil de la lande, bouteille à la main. À 8 h 45, la cuite sur le mont Chauve était terminée, il ne restait plus rien dans la bouteille. Déjà, les premières vapeurs lançaient l'assaut dans les artères. Les cinq litres de sang vierge des fillettes ne pesaient pas lourd contre les menées du malt. Elles trouvèrent le chemin de l'école par la grâce de ces automatismes qui ramènent le porc à la soue.

L'histoire arriva aux oreilles du juge, qui diligenta une enquête. On découvrit la bouteille dans les bruyères. Les étiquettes conduisirent les limiers à l'épicerie du port. Édmond, un ancien pêcheur qui avait perdu sa main gauche dans le treuil du chalut et s'était reconverti dans le petit commerce jura de l'autre main sur la tête de ses ancêtres qu'il n'avait pas vendu le whisky aux écolières et qu'elles avaient dû le voler. Puis des témoins se rappelèrent que les deux enfants avaient rôdé autour de l'*Old Navy*. Le juge s'y rendit le soir même.

Le tôlier reconnut qu'il avait servi quelques verres aux deux filles, mais assura qu'il les avait pensées majeures et s'engagea dans une ligne de défense originale s'insurgeant contre les marchands de vêtements qui permettent aux lolitas prépubères de s'attifer comme des « putes anglaises ». Sans cette malheureuse référence, il aurait écopé d'une peine plus souple. Le juge lui colla quatre mois ferme. L'intitulé de la condamnation fut publié dans le journal du lendemain, où le peuple de Mallaig apprit que G. H. avait été reconnu coupable de « vente d'alcool à mineurs et d'incitation à la débauche ».

L'histoire en serait restée là si, quelques mois plus tard, deux collégiens de St John, les jumeaux Peter et Henry Barnes ne s'étaient pas désagréablement manifestés à l'attention de leur professeur de géographie.

Ils furent convoqués dans le bureau du proviseur, où ils commencèrent par s'asseoir sur le bureau jusqu'à ce qu'une paire de coups de règle en acajou sur le bout des doigts les dégrise un peu. Rien ne vaut l'éducation britannique contre la gueule de bois. Au cours des trois jours de travaux d'intérêt général qui constituèrent leur punition, ils se familiarisèrent avec la tonte du gazon, qui est à l'art des jardins anglais ce que la taille du buis est à la science du jardin français. Mais les deux frères ne semblèrent pas impressionnés par la sanction car le lendemain de la levée, ils réintégraient le collège en hurlant des obscénités, l'haleine âcre et la lèvre luisante.

L'alcool fait des ravages sur les complexions nordiques. Il bariole de taches rouges les peaux trop blanches, avachit les visages et délave les regards déjà pâles. Les Barnes étaient des colosses roux à tête carrée et cou de débardeur. Ils avaient grandi trop vite. Leurs glandes endocrines avaient du mal à harmoniser leur organisme et chaque membre poussait en friche, autonome. Ils se déplaçaient gauchement, occupaient l'espace avec des grâces de buffets. L'alcool décuplait leur maladresse.

Les frasques des Barnes furent rapportées au juge par son fils aîné, qui était en classe avec eux et ne ratait jamais une occasion de se montrer digne de son père. Le juge Cairn trouva là une occasion de manifester l'admiration qu'il vouait aux techniques afghanes. Jamais le mollah Mohammad Salim Hoqqani, dans sa retraite du Wardak, n'aurait pu se douter que ses méthodes feraient un émule dans les parages occidentaux de l'Europe païenne.

Pendant l'aventure talibane, ce pachtou ultra orthodoxe avait été en charge du *ministère de la répression du vice et de la promotion de la vertu.* L'Afghan avait instauré un très ingénieux système de contrôle de l'alcoolémie. Les passants interpellés devaient souffler dans le visage des Talibans afin de prouver leur sobriété. La technique était radicale mais possédait ses limites. Car il fallait que les contrôleurs connaissent le parfum de l'objet du délit pour incriminer le contrevenant. Or, bien des Talibans étaient étrangers aux effluves du scotch, du gin ou même du brandy de contrebande de Peshawar. Nombre de pauvres hères passèrent la nuit au poste parce qu'ils avaient abusé des abricots secs ou de grains de raisin.

Cairn se posta le matin suivant à l'entrée du collège et demanda à chaque élève de lui souffler au visage. Le juge démasqua quelques fumeurs précoces qui grillaient du mauvais tabac sur le chemin de l'école. Puis les jumeaux Barnes arrivèrent. Ils n'eurent même pas à souffler : ils empestaient à un mètre. Les appariteurs signalèrent au proviseur qu'un magistrat se livrait à des pratiques étranges sous les voussures du porche et on pria l'homme de robe de s'expliquer devant le directeur des lieux. Le juge et le proviseur se livrèrent à la petite explication que l'on sait.

Cairn changea de tactique et décida de remonter aux sources. Il fallait faucher à la racine. Le soir même, il frappait à la porte des Barnes, à Balmoral Street. Le père était en mer, au large des Féroé sur son bateau de pêche. La mère était en peine, l'oreille rivée à la météo marine qui annonçait des dépressions. Les jumeaux faisaient leur devoir dans la chambre. Le juge alla au but.

— Vos fils boivent, madame !

— Je sais, juge, dit la mère.

— Il faut couper l'approvisionnement, dit le juge.

— Et vous suspectez une mère de corrompre ses enfants, juge ?

— C'est une enquête, madame Barnes, il ne faut rien négliger.

— Dehors !

Le juge laboura le bourg. Il soumit à la question le vieil Edmond, fit le guet aux abords de l'épicerie. Le patron de l'*Old Navy*, sa peine de prison purgée, avait rouvert l'établissement. Posté en face du pub, le juge y surveilla les allées et venues des clients. Mais le tripot ne recrachait rien d'autre dans la nuit que la galerie des habitués : pêcheurs retraités et marins de retour de campagnes qui dissolvaient le goût du sel dans le malt et se vengeaient de la médiocrité de la vie en trouant la cible de liège de petites fléchettes hargneuses. Pas de jumeaux.

Cairn revint vers le collège et prit en filature les frères Barnes une semaine durant. Sa déception fut immense. Peter et Henry vivaient l'existence ennuyeuse de deux écoliers écossais. Pourtant, leur démarche ne laissait pas de doute : ils buvaient.

Le samedi suivant, les jumeaux Barnes quittèrent le village à bicyclette aux premières lueurs. Ils furent pris en chasse par la Volvo grise du juge Cairn. Ils passèrent le pont de Rannoch et au calvaire de granit noir s'engagèrent vers le nord dans la direction du loch d'Adlebery. La route serpentait entre deux murets de pierres sèches. Au volant, on avait l'impression de rouler dans un corridor étroit et il fallait bien négocier les virages pour ne pas érafler les ailes. Les moutons étaient posés dans les champs comme des œufs durs sur la mâche. Le crachin recouvrait leur suint d'une pellicule argent. Des corbeaux traçaient dans le ciel des lignes parallèles. La route caracolait dans les tourbières avant de rejoindre la ligne littorale. Elle longeait le revers d'une falaise, s'en écartait, y revenait jusqu'à frôler le vide. Les jumeaux firent halte dans un petit cottage construit au bord de l'abrupt. Ils posèrent leur bicyclette contre la façade. Des roses trémières montaient une garde joyeuse de part et d'autre de la porte de bois verni.

Se pouvait-il qu'ils s'approvisionnent ici ? Le juge Cairn connaissait bien la propriétaire des lieux. Miss Mallory, une vieille fille à moitié sénile qui racontait pendant des heures à qui avait le malheur de prêter l'oreille que son frère était arrivé au sommet de l'Everest en 1924. Le juge gara la voiture et s'approcha. Par la fenêtre, il vit les jumeaux attablés. La vieille leur servait le thé. Fausse piste.

Il attendit une heure, garé en face de la maisonnette, que les jumeaux en sortent.

Ils reprirent leur route, forçant sur les pédales contre le vent du nord. Un rai de lumière solaire soulignait l'horizon, pris en étau entre la mer et un ciel d'encre. Les jumeaux bifurquèrent vers le rivage sur un chemin de tourbe noire qui menait à la crique de Glastone, située à deux cents mètres en contrebas de la falaise. C'était une indentation de la rive connue autrefois des naufrageurs pictes. Sous les parois s'étendait une petite plage de galets oubliée, protégée des visiteurs par un accès périlleux. Près de Mallaig, les plages de Dingle et de Garloch offraient de molles courbes qui attiraient sur leurs flancs jusqu'aux habitants de Glasgow. Les sombres parois de Glastone n'intéressaient que les mangeurs de salicornes, les membres des sociétés ornithologiques et quelques randonneurs. Le juge dépassa le chemin jusqu'à ce que les silhouettes des garçons disparaissent dans un pli du sol puis il recula à l'intersection, rangea la Volvo et s'engagea à pied sur le chemin.

Des fulmars surfaient au-dessus des tombants. Des feux allumés au sommet des falaises avaient autrefois précipité les équipages sur les récifs. Aujourd'hui, seule la pâle étoile des panicauts se balançait dans les rafales. À la surface de l'eau, des cormorans noirs rasaient l'écume à s'en décrocher le cou. L'orage pointait. La lande était lugubre. Le chemin se rétrécissait en une sente. Le juge cogna contre les bicyclettes abandonnées dans un bouquet de plantain. Une valleuse crevée par l'érosion offrait un marchepied géant pour accéder à la crique. Le juge se retenait aux filandres de salicornes pour ne pas glisser. Il mit longtemps à atteindre la grève.

De sa position, il ne distinguait rien d'autre que le tas de vêtements des jumeaux jetés sur les rochers. Le juge touchait la rive lorsque les frères firent surface. Le ressac haletait sur les galets. Sir Cairn se plaqua contre un bloc d'éboulis. Les frères ôtèrent leurs combinaisons de plongée, leurs masques et leurs palmes, les bourrèrent dans un sac marin qu'ils cachèrent dans le creux d'un rocher et se rhabillèrent car le vent d'ouest laminait la crique. Les rafales cisaillaient la crête des vagues projetant l'écume jusqu'aux parois.

— À la tienne, Peter !

— Aux capitaines courageux !

— Nous partirons !

Les jumeaux trinquèrent dans deux quarts de métal qu'ils vidèrent d'une lampée avant de se resservir. Il brandissait une bouteille de verre noir à panse aplatie emmanchée d'un long col à laquelle ils semblaient décidés à faire un sort. Ils remplissaient leurs quarts à ras bord lorsque le juge sortit de sa cachette.

— C'est fini, messieurs.

C'est ainsi que les archéologues retrouvèrent la trace du *Benda II*. Le navire hollandais jaugeant huit cents tonneaux était parti un jour de novembre 1764 du port de Middlebourg à destination des Orcades, porteur d'une cargaison d'épices indonésiens et de cinq cents bouteilles de rhum de la Barbade, s'était égaré dans le dédale des Hébrides intérieures et, abusé par les feux naufrageurs des renégats du Glen Malkh, il était venu s'exploser sur les récifs de Glastone, précipitant dans le bouillon déchaîné 127 hommes d'équipage ainsi que la cargaison, qui coula par douze mètres de fond, attendant que trois siècles plus tard deux jeunes apnéistes de Mallaig descendants d'une lignée de pirates des landes découvrent le stock intact, enchâssé dans une faille sous-marine.

Pendant une année, les jumeaux avaient honoré la vaillance des marins, et médité sur l'infortune en faisant libation d'un rhum deux fois centenaire recueilli sur les récifs du naufrage.

La particule

Mon histoire est pathétique. Ces dernières années, je quittai le corps d'un brahmane sur l'esplanade des crémations du temple de Pashupati. Les flammes montaient très haut dans le soir et leurs reflets dansaient dans les larmes de la famille et sur le courant de la Baghmati. Je fus pulsée à la verticale du brasier dans l'air chaud et les relents de chair grillée. Je montai aux étoiles, la brise de la nuit me rabattit à la surface de la rivière. Je fus plongée dans la soupe de la Baghmati, ce ruban de boue où les hommes trempent leur corps pour purifier leur âme. Je roulai jusqu'au Gange dans un flot indistinct d'alluvions et d'ordures. À peine dans les eaux du fleuve, je fus filtrée par les ouïes d'une perche. Je séjournai quelques heures dans la cathédrale de dentelle rouge sang des branchies : le poisson paressait entre deux eaux, dans une tache de soleil. Un silure surgit des profondeurs et dévora la perche. Je fus sertie dans sa chair, près de l'épine dorsale. Je voguai en lui des centaines de kilomètres. Le silure nageait sans répit, en quête de proies. Il finit sa course dans le filet d'un pêcheur et je sentis à nouveau la caresse des flammes sur le feu où le poisson grilla longuement. Puis les dents d'une fillette déchirèrent la chair grillée et je plongeai en elle pour m'incruster dans ses tissus. Alors, quelles courses ! Employée aux récoltes, la petite fille foulait tout au long du jour les allées des plantations de thé et dénudait les arbustes de ses doigts tricoteurs. Les saris des femmes mouchetaient la nappe vert bronze des plants de thé. Au milieu d'elles, des gardes armés de longs bâtons veillaient contre les attaques des léopards. Ces fauves mettent bas à l'ombre des buissons de thé et attaquent régulièrement les ouvrières. Ce matin-là, personne ne vit la bête. Les mâchoires arrachèrent la gorge de ma cueilleuse. Son sanglot se noya dans un clapotis. Il la dévora sur place. Quittant les replis graciles d'une petite intouchable, j'intégrai les fibres musculeuses d'un félin. Un matin, un coup de feu déchira la brume. Le léopard touché au flanc courut trois minutes, se hissa sur le versant d'une colline et mourut. Son corps se décomposa, caché dans les buissons ; le chasseur ne le retrouva pas. Des colonies d'insectes et des oiseaux charognards se disputèrent la pourriture. Je n'eus pas le temps de me dissoudre dans de la chitine d'élytre, car la mousson s'abattit et les ruissellements emportèrent ce que becs et mandibules n'avaient pu dévorer. Mêlée aux eaux qui nappaient le sol, je coulai vers les plantations et fus absorbée par la terre. Il y faisait chaud. Je m'infiltrai entre les granules de sable et les cristaux d'argile. La radicelle d'un arbuste m'aspira et me propulsa dans la tige. La succion de la sève m'injecta dans la nervure d'une feuille. J'étais prisonnière du flux chlorophyllien d'un théier du Bengale. La récolte me délivra à la saison suivante. Courte illusion : je fus enfermée dans un sac de tissu puis dans les caissons de séchage d'une fabrique et enfin dans une boîte d'*Earl Grey* destinée à l'exportation. La boîte reposa trois mois sur le rayonnage d'une épicerie de Plymouth en Angleterre. Un client l'acheta et le couvercle se souleva. Une narine huma le thé. Une cataracte bouillante créa un petit tourbillon dans la tasse de porcelaine, puis le champignon atomique du lait explosa dans le thé. Je coulai dans la trachée d'un jeune Anglais et m'épanouis dans sa viande. L'homme partit en avion pour l'Inde le soir même et, huit heures de vol plus tard, il retrouvait à l'aéroport de Delhi une jeune fille à laquelle il témoigna de son impatience en l'étreignant, sitôt gagnée l'intimité d'une chambre d'hôtel. Dans la moiteur de la nuit de mousson, je fus transmise à la jeune femme et m'installai dans son organisme. Pendant une semaine, j'entrepris un vaste circuit métabolique. Au cours d'une transfusion à l'hôpital militaire d'Old-Delhi, je fus distillée dans les veines d'un jeune hémophile indien que la jeune femme sauva en offrant son sang. L'enfant fut guéri. Il grandit, moi en lui.

C'était un brahmane qui eut une vie heureuse, mais qui est mort ce matin et que l'on vient de porter sur l'esplanade des crémations dans le temple de Pashupati, au bord de la

Baghmati. Et je sens déjà courir les flammes du bûcher.

Et moi, misérable particule, cellule anonyme, pauvre poussière d'atome, je vous supplie, ô dieux du ciel, de me donner le repos, de me délivrer du cycle et de me laisser gagner le néant…

L'île

À part le Malais à la tête aussi solide que le roc, personne ne se souvenait du naufrage. Le typhon avait drossé le ketch *Santa Maria* sur les côtes de l'île. La tempête avait été l'une des plus violentes de ces dernières années dans le Pacifique. Le capitaine avait perdu le contrôle du bateau lorsqu'une rafale avait pulvérisé le génois. Les matelots avaient tardé à affaler. Quand la coque avait touché le récif après avoir sanci une première fois, le professeur Iannos Lothka — célèbre éditeur hongrois membre de la Société de géographie de Budapest et maître de plusieurs cercles ésotériques d'Europe centrale —, calé dans sa bannette, avait pensé que les craquements du bois ressemblaient au bruit d'un os qui se brise. Il s'était fracturé le tibia en patinant sur le Balaton : même sinistre écho sous le crâne.

Le Malais fut le premier à revenir à lui. C'était un marin que le hasard des engagements avait conduit des côtes du Sarawak jusqu'au port mexicain de F…, aux bords du Pacifique. Sur le ketch, ils étaient une quinzaine comme lui, tristes hères des océans, traînant leurs destins de cales en tripots, *shangaïés* en pleine nuit devant un whisky frelaté par des recruteurs qui traquaient les ivrognes à la porte des bouges pour leur faire signer des contrats d'esclaves. Les types se réveillaient le matin sur un navire, en uniforme de matelot, la tête vide de tout souvenir, soumis sans espoir de retour aux ordres d'un capitaine plus puissant que Dieu et dont la foudre s'abattait dans un claquement de fouet.

Couché dans le sable, le Malais ouvrit les yeux. Des souvenirs épars dérivaient dans le brouillard de sa migraine et s'agrégeaient lentement un à un. Des images se formèrent, les scènes se reconstituaient : la tempête, la nuit d'encre, l'océan blanc avec les cris des hommes et les ordres hurlés dans les rafales. Sans bouger, il regarda le ciel. Il faisait beau et le soleil brillait. La lumière faisait mal.

Il se leva. Des débris de bois, des coffres éventrés, des poutres, et des haillons de voile mouchetaient la grève. Il fouilla les décombres. Le ketch convoyait une cargaison en Australie : les matelots auraient tiré bon bénéfice de cette traversée — au moins de quoi boire pendant deux mois le whisky d'Adélaïde. Mais le ciel en avait voulu autrement. Le Malais passa en revue ce qu'on pouvait sauver puis il s'intéressa aux corps déposés par les vagues.

Des quinze membres d'équipage, seuls avaient survécu un paysan chinois du Sichuan qui ne connaissait rien à la navigation, un Russe de Vladivostok qui n'avait jamais tenu de cordage dans ses mains, un juif ukrainien que le capitaine avait cueilli au dépôt de police de Valparaiso, un marin grec qui se prétendait premier violon de l'Opéra de Thessalonique et un Breton de dix-huit ans originaire de Saint-Malo. Du capitaine, des autres marins, nulle trace.

Le professeur Lothka gisait sur le sable, en vie. Il avait embarqué quelques jours plus tôt à F... pour traverser le Pacifique. Les capitaines de l'époque libéraient les meilleures cabines du pont supérieur et les louaient aux voyageurs patients qui préféraient la vie de bord des navires marchands au confort lénifiant des lignes régulières. Le Hongrois venait de séjourner dans les Andes avec le scientifique prussien Falk von G... Ensemble, au cours du printemps, ils avaient exploré la façade occidentale de la cordillère péruvienne et Lothka mûrissait de publier les récits de l'Allemand.

Le Malais aida le Hongrois à se relever. Lothka jaugeait cent vingt kilos. Il fit quelques pas sur le rivage. Il roulait en marchant. Il avait les yeux de sa race : dans la fente des amandes mongoloïdes luisait l'acier bleu des ciels de la Puszta. Les hommes reprenaient conscience l'un après l'autre. Une vague, une autre vague : on entendait respirer le ressac et crier les oiseaux marins.

Ensemble, ils gagnèrent le haut du rocher qui surplombait la plage à son extrémité ouest. L'île était désertique, sa circonférence ne dépassait pas douze kilomètres. La bande corallienne s'élevait à trois mètres au-dessus de la surface de l'océan. La falaise basaltique, haute d'une trentaine de mètres, était l'unique relief. Un bosquet de palmiers balayait le vent. Les fous de Bassan tournaient dans le ciel. Des crabes orange s'aventuraient vers le ressac. Ils refluaient sous les rochers à l'approche de l'ombre la plus ténue. C'était tout.

Le Malais fut le seul à parler. Il dit en chinois à l'adresse du Sichuanais :

— M'est avis qu'on va crever ici.

Les hommes rassemblèrent le matériel échoué. Les rouleaux avaient craché des tonneaux de biscuits, de vin et de harengs fumés qui constituèrent le repas du soir. On dîna en silence. On ruminait des pensées lugubres.

Un orage s'abattit. On gagna le pied de la falaise. Aux dernières lueurs, le Grec découvrit un réseau de cavités naturelles creusées dans la paroi rocheuse. On s'y réfugia pour la nuit.

L'aménagement des niches basaltiques occupa les jours suivants. Il n'avait pas été facile de les attribuer. Certaines étaient plus spacieuses et on avait finalement résolu d'en tirer la répartition au sort. Iannos Lothka avait été chanceux : il avait obtenu la plus belle. On pouvait s'y tenir debout et une nappe de sable fin en recouvrait le sol.

Chacun avait remisé dans sa grotte les biens personnels rendus par l'océan. Le reste — l'équipement collectif, le bois, les voiles, les outils, les instruments de navigation, les dizaines de chandelles de cire et les menus objets qui appartenaient aux marins disparus — fut réparti équitablement au cours d'une journée où l'autorité de Lothka joua beaucoup pour que le partage ne tourne pas au pugilat. Parmi les effets, le

Hongrois retrouva le coffre de bois qui contenait sa bibliothèque de voyage. Il le transporta jusqu'au fond de sa grotte. Il fit sauter la serrure avec un galet : la couche de poix qui enrobait le coffre avait protégé son trésor. Aucun de ses compagnons ne soupçonnait que le Hongrois possédait une malle de livres. Pas un ne remarqua sa joyeuse excitation.

Les mois passèrent, pas les bateaux. Chaque matin, l'un des naufragés désignés à tour de rôle s'installait au sommet de la falaise et chaque soir il redescendait en crachant :

— Rien !

« Rien ! » : le seul mot que chacun fut capable de prononcer et de comprendre dans six langues différentes. Un jour, on entendait « Nitchevo ! », un autre jour « Meïo », et tous savaient que cela signifiait la même chose : ils étaient échoués pour une nuit de plus sur les rives de l'oubli.

L'espagnol fut promu langue officielle de l'île. Chacun avait trimé suffisamment de temps sur les ponts des navires mexicains pour le comprendre. Lothka le savait pour avoir publié Pizarro et Cortés. L'île fut baptisée *Esperenza.*

Il fallut organiser la survie. Les réserves sauvées du naufrage s'épuisèrent vite. Mais l'île offrait plus de ressources que les hommes ne l'avaient imaginé au premier regard. Les algues séchées et le raphia des cocotiers procurèrent le combustible. Devant sa niche rocheuse, chacun entretenait son foyer. On chassa les crabes. Le Russe excellait à piéger les lézards dans les fractures rocheuses. On lança des raids dans la colonie de fous. Tantôt pour piller les nids, tantôt pour abattre un oiseau d'un coup de gaffe. On tendit les voiles pour récolter l'eau du ciel, qui s'abattait en des pluies quotidiennes. On fit moisson de noix de coco. Le Malais réussit même à prendre des poissons à l'aide d'un filet épervier vomi par les rouleaux.

Les espoirs de construire une embarcation s'évanouirent vite. Le bois des cocotiers n'offrait pas de flottabilité satisfaisante. Les écumes pacifiques empalissadaient l'atoll. Comment aurait-on passé la barre du récif ?

Les barbes poussèrent, les peaux se tannèrent. La pluie délavait l'horizon. Au menton du Chinois trois poils entrecroisés poussant comme des cheveux donnaient l'impression que le temps dévidait le fil des jours.

Dès la troisième semaine, les questions liées à la survie étaient résolues. La résistance de ces hommes, l'ingéniosité pragmatique, la force de caractère trempée sous les cieux du monde entier, leur avaient permis de triompher de l'adversité. Chacun se nourrissait à sa faim, on entreprit même de constituer des réserves.

L'horizon était toujours vide.

Les corvées de subsistance constituaient la seule occupation. La contemplation des horizons traversés par des chasses de nuages colossaux était d'un piètre secours pour ces hommes d'action.

Dans les cœurs naquit l'ennui. Ils étaient englués dans le pot au noir des heures. Les minutes passaient comme des coques vides sur une onde silencieuse. Le naufrage les avait exclus de la marche du monde, la survie les extrayait de la marche du temps. Lorsque la nuit tombait enfin sur le Pacifique, la journée leur paraissait avoir duré un mois.

Le Russe et le Grec s'astreignirent à un tour d'atoll quotidien, espérant fondre leur nausée dans l'effort de la marche. C'était faire les cent pas dans une cage. Et quand tous, du couteau, eurent décoré leur millième carapace de crabe, ils comprirent que les vrais récifs où ils s'étaient fracassés étaient ceux de la lassitude. Le désespoir dévore l'organisme plus sûrement que le scorbut.

Lothka, lui, ne dépérissait pas. Il arborait un éternel sourire. L'île lui était bénéfique : il fondait. Ses muscles gonflaient. Il paraissait serein, noyé dans des pensées. Parfois, il marmonnait des phrases pour lui-même et ses yeux brillaient. On le voyait peu sur la grève. Il s'acquittait de ses tâches et, dès qu'il avait fini, réintégrait sa niche pour ne plus la quitter jusqu'au crépuscule.

On avait édicté une règle sacrée. On s'était juré de ne jamais troubler l'intimité. La tranquillité avait été décrétée valeur suprême. Dans les grottes, personne ne se rendait visite sans y avoir été prié et si l'on avait à se parler, on le faisait à ciel ouvert. Pour avoir assisté à des meurtres sauvages, ces marins savaient que l'envie de tuer son prochain naît de la promiscuité. L'enfer, ce n'est pas les autres, c'est quand ils vivent trop près. Or, les cavités étaient suffisamment espacées pour qu'on puisse ne jamais se croiser. Par surcroît, chacun avait barricadé l'entrée de la sienne au moyen d'un muret de galets surmonté d'une herse de palmes séchées.

Un soir, Lothka convoqua ses compagnons sous les arbres. Le soleil descendait dans un ciel écarlate. La chaleur de la journée avait recuit les corps. Était-ce à cause de l'humidité ? Ce jour-là, les hommes de la *Santa Maria* avaient plus que jamais senti la glu du temps retenir les heures du jour. Lothka alluma une chandelle dans une noix de coco percée d'orifices. Il prit la parole.

— Asseyez-vous autour de moi.

Au milieu du cercle, il raconta l'histoire d'un capitaine devenu fou à cause d'une baleine blanche. Il peignit les tempêtes, les navigations dans les océans dangereux, le combat des pêcheurs contre des monstres marins gros comme des montagnes. Il imita la voix du vieux marin hanté par ses visions. La nuit était avancée lorsqu'il s'arrêta. La chandelle faisait danser des lueurs de cire sur son visage.

— Chaque soir, je vous dirai une histoire.

Les hommes gardèrent le silence. Les vagues roulaient, indifférentes. Le Russe se leva, mit la main sur l'épaule du Hongrois et murmura : « Merci. » Et tous, se levant, répétèrent le mot.

Le lendemain soir, on entendit l'histoire d'un jeune marin nommé Sinbad courant les mers chaudes et les ports mystérieux. Le soir d'après, Lothka commença un récit qu'il mit plusieurs jours à achever : les aventures de Marco, marchand vénitien qui avait traversé déserts et steppes jusqu'en Chine. Ensuite, il emmena ses compagnons du côté de la Porte d'or et leur annonça qu'il connaissait assez d'histoires pour leur faire respirer l'haleine de l'Orient pendant mille et une nuits. Une fois, il n'interrompit qu'à l'aube le récit de ces deux cent cinquante marins portugais partis derrière leur capitaine pour voguer autour du monde et qui revinrent à dix-huit au port, orphelins de leur chef.

Tous les soirs, le miracle se reproduisait. Par la magie des mots, Lothka projetait sur l'écran des esprits le spectacle de contrées inconnues, traversées de héros qui bravaient le destin, habitées de créatures aux yeux plombés de khôl… Lothka, jongleur de mots, donnait la vie, la reprenait, levait des armées, forçait des alcôves, construisait des châteaux et incendiait des villes.

Les hommes écoutaient les récits avec avidité. Quand le Hongrois se taisait, il fallait longtemps à la pensée pour regagner l'enveloppe des corps alanguis sur le sable.

Sur l'île, la vie changea. La nuit, les récits de Lothka s'infiltraient dans le rêve des naufragés. Pendant la journée, les histoires continuaient leur œuvre, nourrissaient les conversations. Les personnages des contes peuplaient les esprits. Parfois, les matelots marchaient en groupe sur la grève et commentaient ce qu'ils avaient entendu la veille ou tentaient de démêler les intrigues. Les récits de Lothka devinrent une nourriture aussi nécessaire que les œufs des fous, le lait de coco et la chair des crabes.

À leurs yeux, le Hongrois n'était plus ce lettré fantasque qui avait loué la cabine du pont supérieur, cet urbain policé incapable de partager l'ordinaire d'un matelot. Que son imagination puisse enfanter chaque soir de nouveaux héros, camper de nouvelles scènes et échafauder des intrigues si complexes tenait pour eux du prodige. Le Magyar avait vaincu *l'ennui* ! Et en récompense de ce triomphe contre le néant, les hommes commencèrent à le vénérer. Dans le cœur des naufragés altérés de solitude, Lothka fut élevé au rang de demi-dieu.

Le Hongrois n'était qu'un marionnettiste, un barde débitant la saga, un passeur d'histoires. On le prit pour un démiurge. Il était fait pour les veillées, on le crut lié au Ciel. Sa place était au coin du feu sur le tabouret du conteur, on le jucha sur un piédestal.

Dans les âges anciens, la caste des sorciers était née de cette manière. Les membres du clan se soumettaient au plus imaginatif.

Lothka ne voulut pas précisément profiter de la situation, mais il est difficile de refuser les plateaux d'argent. A-t-on vu un prophète révéler à ses fidèles qu'il n'est qu'un affabulateur ? Il ne mentionna jamais les livres de son coffre et se laissa admirer. On lui interdit tout labeur. À tour de rôle, chaque jour, devant sa grotte, les naufragés lui déposaient les meilleurs vivres, renouvelaient son eau de pluie. On lui réservait les noix de coco les plus juteuses. Il reçut des couteaux, des voiles, des clous, des outils, et même une boîte à tabac que le Chinois avait retrouvée intacte. On s'empressait pour devancer ses désirs, on espérait un ordre. Lorsqu'un jour il émit le souhait de goûter à l'aileron de requin, tous se jetèrent dans le lagon, poignards et gaffes au poing. Rien n'était trop beau pour l'idole.

Les barbes poussèrent. Un an, puis deux se traînèrent sous les ciels lavés de pluie. Chaque soir, sous le couvert de la cocoteraie, le lumignon servait d'étoile centrale à la constellation des naufragés. Le cercle se formait longtemps avant que Lothka ne vienne y prendre place. L'aura du gourou ne faiblissait pas. Son emprise sur ses compagnons s'affermissait même mois après mois. Les matelots étaient fascinés que la source créatrice ne se tarisse pas.

À la troisième saison des pluies, Lothka souffrit d'insomnie. Ses lectures à la chandelle, l'excitation dans laquelle le maintenaient les livres, l'inquiétude de voir venir le jour où il en manquerait, levaient sous son crâne de mauvaises tempêtes.

Cette nuit-là, il avait relu jusqu'à l'aube les contes allemands d'un génie qui se croyait un destin de musicien. Il prévoyait d'en raconter un, le lendemain, à ses hommes. Il chercha en vain le sommeil et ce ne fut qu'aux premières lueurs qu'il sombra sur son matelas de voiles rembourrées d'algues sèches. À midi, il dormait encore.

À deux heures de l'après-midi, les hommes

inquiets envoyèrent le Chinois en reconnaissance. Le matelot s'approcha de la grotte de Lothka. Il appela doucement. Il regarda à travers la palissade, mais la treille séchée ne laissait rien voir. Il souleva précautionneusement les palmes et passa la tête. La niche était baignée d'une lueur cireuse. Le Hongrois ronflait doucement. Le Chinois ne supporta pas le spectacle. D'un geste de chat, il rabattit sans bruit le pan de raphia et courut chercher les autres.

Dix minutes plus tard, les six naufragés d'Esperenza faisaient irruption chez le Hongrois. Lothka reposait, endormi au milieu de ses livres. Certains traînaient sur le sable, d'autres étaient jetés en tas contre la paroi du fond de la grotte, d'autres soigneusement empilés. La malle était ouverte, dégueulant de recueils. Un sac de voile contenait tous ceux dont il avait déjà nourri les veillées de la cocoteraie.

L'homme qu'ils croyaient éclairé par un feu intérieur, le maître oiseleur capable de faire danser ses personnages sur la scène du monde avec la baguette de l'éloquence, cet illusionniste dont ils idolâtraient le génie n'était qu'un vulgaire lecteur qui régurgitait les histoires puisées la veille dans ses collections. Un imposteur qui avait usurpé sa place sur l'autel. Les matelots n'eurent pas à se concerter.

Ils le saisirent et le traînèrent à la lumière. Lothka répondit de ses poings. Mais sa stature ne suffit pas à le défendre de six hommes. On le battit, il s'écroula.

« Brûlons-le ! » dit le Malais.

Le soleil frappait les crânes. Il était trois heures de l'après-midi, le Hongrois gisait sur le sable. Du sang coulait de son oreille. Les fous gémissaient dans le ciel. Il régnait l'atmosphère de fournaise qui prélude aux mises à mort.

Le Grec eut l'idée de la falaise.

Ils portèrent le corps au sommet de la paroi. Lothka reprit connaissance au bord du vide où on l'avait couché.

— Mets-toi debout, dit le Chinois.

Le Russe, d'un coup de poing, envoya le Hongrois dans le vide.

Son corps fut long à basculer. Il oscilla, pivota et tomba. Il s'écrasa trente mètres plus bas sur les rochers blanchis de guano. La rumeur du ressac couvrit le bruit de l'impact.

Les hommes restèrent immobiles. Le Russe s'épongea le front. Le Chinois faisait craquer ses doigts. Le Malais souriait, ivre de chaleur. C'est alors que l'Ukrainien risqua une question à son voisin grec.

— Tu sais lire, toi ?

On se regarda stupidement. L'un après l'autre, les hommes secouèrent la tête. Dans le ciel, le cri d'une mouette. En bas, un crabe gris pinçait la chair du mort. Les rouleaux fouettaient le sable.

L'ennui reprenait pied sur la grève de l'île.

Le sapin

« Quiconque aura bien vu la Russie sera content de vivre partout ailleurs. »

Astolphe de Custine,
La Russie en 1839.

Il s'agissait de trouver un sapin de la bonne taille.

Noël approchait. On venait de passer le solstice. Depuis quatre jours, le soleil lançait l'assaut annuel vers le nord. La reconquête des latitudes septentrionales s'achèverait au triomphe de la Saint-Jean.

La température était retombée sous les – 30 °C. Il avait neigé deux jours auparavant et les branches des arbres ployaient jusqu'au sol. Les sapins avaient l'air de faire la révérence vêtus d'énormes vertugadins de tulle. Le chemin ressemblait à une tranchée ouverte dans un *strudel* meringué avec une pelle à tarte. Ces images ne leur vinrent pas à l'esprit parce qu'on ne fréquentait pas de dames de l'ancien temps ici, pas plus qu'on ne mangeait de pâtisseries viennoises.

La lumière pénétrait obliquement dans les futaies. Un rayon traversait parfois les branchages et venait toucher un tronc ou éclairer un carré de glace. Partout des traces de lièvres, d'hermines et de renards entremêlaient des chapelets dans la poudreuse et racontaient le roman de la nuit précédente. L'air piquait le fond du nez et si l'on inspirait trop fort les lames du froid lacéraient les muqueuses. Le mieux était de respirer à travers la laine des écharpes. Le froid coupe l'inspiration.

Les deux hommes avançaient en silence. L'hiver est un état de suspension. Les températures négatives avaient gelé les sons. On entendait crisser les bottes.

— Celui-là ?

Il s'arrêtèrent auprès d'un sapin et l'examinèrent.

— Non ! trop gros.

Ils reprirent la marche. Par très grand froid, la neige n'est pas lourde, elle se transforme en poudre très légère, et ils brassaient la poussière de diamant à chaque foulée. Les deux hommes portaient des haches sur l'épaule et examinaient attentivement tous les arbres de moyenne taille.

— Celui-là ne semble pas mal.

— Oui, on va se le faire. On s'en grille une ?

Ils s'arrêtèrent et fouillèrent les poches. Ils allumèrent les cigarettes. La fumée montait en une colonne parfaitement rectiligne. Aucun souffle dans l'air ne brouillait son fil bleu. Le froid fige les éléments dans un ordre implacable, il s'oppose au chaos. Tout file droit quand il fait – 30. Ils restèrent silencieux un moment, s'assurèrent qu'ils étaient bien seuls et recommencèrent leur discussion.

— Moi, je ne critiquerai jamais ce modèle de société. La prospérité du monde occidental a été acquise de haute lutte. Des hommes se sont battus pour la bâtir. Quand on a forgé et hérité d'un modèle pareil, il est normal de le considérer comme le meilleur du monde, de vouloir le conserver et l'étendre. Même si la guerre en est le prix.

— Je suis de ton avis : en vertu de quel principe faudrait-il avoir honte de sa bonne fortune ? Ne fait-on pas grand cas des religions fondées sur le salut de l'âme et la conquête de la vérité ? Pourquoi mépriserait-on celles qui s'appuient sur la jouissance du corps et la possession des biens ? Je trouve louable d'avoir érigé la prospérité et le bien-être en morale.

— Oui ! Le matérialisme est un humanisme.

— Ce serait monstrueux de rougir du bien qu'on s'est octroyé ! Après tout, avoir réussi à inventer le paradis sur terre signifie qu'on est le plus intelligent. Dans l'Histoire, aucune richesse n'est jamais tombée toute cuite du ciel dans le bec d'une race. Carter est le gardien d'un temple que Jefferson a construit et que Kennedy a patiemment rempli.

— Parfaitement. Il y a même peut-être une théorie psychophysiologique à la Gorki qu'on pourrait bâtir là-dessus. Postulons que les conditions historiques d'une époque influent sur les esprits individuels et finissent par créer une couleur psychologique collective. Il y a eu des siècles traversés de courants révolutionnaires, des temps secoués de fièvres, d'élans bâtisseurs ou de pulsions conquérantes : 1917, 1793, 1848, 1942 ! Ce sont des dates qui occupent les pics convulsifs de l'électro-encéphalogramme de l'humanité. La prospérité économique, elle, crée un engourdissement général de la société. Un peu comme cet endormissement du corps dans un bain chaud. La richesse rend la vie agréable, désirable et donc précieuse ! Elle commande qu'on la défende ! Elle est le meilleur rempart contre le cynisme, le nihilisme, le pessimisme, tous les isthmes funestes qui se découpent sur les rivages de la pensée mortifère.

— L'analyse psychophysiologique s'applique aux individus ! Lorsqu'un homme travaille d'arrache-pied, il connaît la fatigue, l'inquiétude et, parfois même, l'angoisse. Mais il fabrique un bien matériel. Le fruit de son travail s'ajoute à des millions d'autres et leur addition forme une montagne à la disposition des consommateurs.

— Oui, cela s'appelle l'offre et alors ?

— Alors, les toxines accumulées pendant la production de cette offre peuvent se résorber par le *shopping*. On achète ce qu'on a fabriqué pour se débarrasser des mauvais effets engendrés par la fabrication. Tu comprends ? Acheter est l'antidote à l'angoisse générée par le travail ! Le principe de l'offre et de la demande n'est pas tant une équation économique qu'un maintien de l'équilibre psychosomatique des individus.

— Avoir plus pour se guérir du mal d'être, en somme.

— Voilà ! Au moins, c'est une réponse et elle vaut mieux que rien.

— Et cela fait une pierre de plus en faveur de la société de consommation.

— Il faut bannir cette expression. C'est une formule éculée, un résidu de sémantique marxiste. Qu'est-ce qu'on oppose à la société de consommation ? La société de pénurie, de la déshérence, de l'abstinence et de l'affamement ?

Ils tapèrent un peu des pieds pour ramener la circulation. Par grand froid, expulser la fumée du tabac par le nez et la bouche donne une illusion de chaleur. On se prend pour un fourneau.

— Tu as raison, et il y a autre chose. La société de prospérité — appelons-la comme ça…

— Oui, c'est mieux.

— Elle fait vivre des millions, des milliards d'hommes.

— Oui.

— En donnant l'aisance au corps, elle libère l'esprit. Elle affranchit l'homme du souci permanent de subsistance ! Elle est la rampe de lancement qui permet le progrès mental et moral. Elle autorise à penser, à progresser dans la connaissance. Je ne crois pas au mythe du sage affamé, du génie mangeur de lézard. Un ventre creux ne l'est jamais autant qu'un esprit ! Les sociétés riches sont complexes, sophistiquées, traversées de contradictions et de débats : c'est le meilleur argument en leur faveur.

— Et puis, je vais te dire, moi, je tire mon

chapeau à ceux qui ont inventé Noël. Avoir choisi le jour de la naissance de Dieu pour inonder les enfants de cadeaux au pied de l'arbre et relancer l'économie dans le pays, c'est proprement génial !

— On l'abat, ce sapin ?

Ils ramenèrent l'arbre en le tirant avec une corde. À la grille, le gardien leur ouvrit et ils rejoignirent le bâtiment. Le chef Vinogradov les insulta parce qu'ils étaient en retard. Piotr et Pavel tiraient trente années de goulag pour *déviationnisme intellectuel.* Ils s'étaient connus à l'université où ils enseignaient les sciences politiques et ils n'aimaient rien tant que discuter de l'Amérique, tranquilles, au fond des bois. Après tout, l'Alaska n'était pas si loin : de l'autre côté du détroit.

Ils débitèrent le sapin en bûchettes et bourrèrent le vieux poêle dans la chambrée où grelottaient les *zeks.*

Le courrier

... et puisque tes serments n'étaient que des paravents derrière lesquels tu trahissais l'amour, puisque tes lettres n'étaient que des mots et qu'aucun de tes mots ne peut être pris à la lettre, je te quitte en te maudissant d'avoir transformé en haine pour les hommes l'amour que j'éprouvais envers l'un d'eux.

Jane.

Il remit la lettre dans l'enveloppe et resta silencieux, à genoux dans le sable. Il était bien embêté. D'abord, il exécrait le lyrisme. Mais ce n'était pas le plus grave. Peut-être sa curiosité avait-elle été punie par les dieux ? Il s'était fait une joie d'utiliser le petit couteau : une belle lame de nacre qu'il avait taillée puis emmanchée dans un morceau de bois de cocotier. La confection lui avait demandé deux jours entiers et quand il avait contemplé le résultat, il avait été plein de satisfaction : même jeté sur ce rivage, en plein Pacifique, il était capable de s'offrir un magnifique petit objet qui n'aurait pas déparé autrefois sur son bureau d'acajou de l'université de Wilflingen. Mais, à présent, il regrettait d'avoir décacheté la lettre.

Fallait-il s'accorder une autre chance ? Le sac était là, ouvert, offert. Il plongea la main et prit une nouvelle enveloppe.

... si j'avais écouté mon intuition, tu aurais su plus tôt que ma porte et mon cœur te sont fermés à jamais. Crois ma déception à la hauteur de mon mépris.

Salomon.

Cette fois c'était la malchance. Il fallait s'opiniâtrer. L'intention était bonne. Il ne croyait pas à la justice immanente, aux signes du ciel, et tout ce fatras de sorcier. Il était seul et bien seul ici, et les circonstances l'autorisaient à s'octroyer cette petite licence. Personne ne pouvait rien lui reprocher. La lettre suivante avait été envoyée de la poste centrale de Miami et redirigée à Los Angeles avant d'embarquer sur le bateau postal *Staten Island*, qui assurait la liaison transocéanique avec l'Australie. L'enveloppe d'aspect très ordinaire ressemblait à celles qu'on glisse dans les urnes. Il se délecta du crissement du papier entaillé par la nacre. Cela lui rappela les heures matinales de l'hiver souabe où il ouvrait son courrier dans l'odeur du café.

« FACES **DE** PORCS !
OCCUPEZ VOUS
DE
VOS AFFAIRES »

Une lettre anonyme ! Il jeta le couteau. Il ne pâlit pas parce que des mois d'exposition tropicale lui avaient rissolé le visage. Mais les larmes lui montèrent aux yeux et deux traînées d'escargot coulèrent sur le sel de ses joues. Fallait-il qu'il ait la main maudite. Il se souvint qu'enfant il ne tirait jamais le bon numéro du chapeau. Mais on n'était pas à la loterie de l'école ici ! On était dans le Pacifique, au sud de l'archipel des îles Cook, à quelques centaines de kilomètres du tropique du Capricorne et il était naufragé sur cet atoll désert depuis quatre mois. Les débris du *Staten Island,* sur lequel il avait loué une cabine de passager pour gagner l'Australie, reposaient par quatre cents mètres de fond. Le navire avait heurté la barre de corail aux lueurs de l'aube lors du typhon du 26 novembre 1946. Il fut le seul survivant, jeté sur le sable au milieu d'une collection de débris de bois et de deux malles étanches. La première contenait des vivres. La seconde, un sac de courrier.

Il déchira l'enveloppe de l'index.

Père Noël, je n'ai plus que toi, Papa vient de mourir, Maman est partie avec le médecin qui le soignait. Petit Pierre n'a pas de bras pour écrire et Jacques ne voit pas assez bien car la poussière de la mine lui a abîmé les yeux. Je ne te demanderai pas de jouets comme les Smith mais de quoi soigner Auntie qui tousse de plus en plus et d'ailleurs je dois te laisser parce qu'il faut changer son bavoir.

Emma.

Il avait hésité longtemps. En Allemagne, cela lui aurait répugné de lire une lettre qui ne lui était pas adressée. L'éducation anabaptiste de l'Oberland bernois lui avait inoculé des scrupules que seule pouvait subvertir l'adversité. Les premiers mois avaient été consacrés à la survie. Mais une fois que les choses extraordinaires que sont la pêche aux coquillages, le harponnage des poissons de lagon, la récolte de l'eau de pluie sur les bâches de toile cirée et l'ouverture des noix de coco avec le tranchant d'un bivalve furent devenues pure routine, il y avait eu de la place pour la réflexion. Et l'apitoiement sur soi-même lui avait tenu lieu de première pensée. Les heures étaient désespérément longues sur l'atoll. Le soleil s'accrochait au zénith et y tenait l'équilibre sans l'intention de décliner. Dans le ciel blanc, sidéré de chaleur, le temps ne passait pas. Rien n'est long à venir comme le soir qu'on attend à l'ombre d'un cocotier. Il avait commencé à lorgner le sac de courrier. Il y avait là de quoi triompher de l'ennui. Il ne s'était résolu que ce matin-là à puiser dedans.

… je vais te le dire enfin : une chiure de filaire, la honte des raclures, le produit d'une nuit d'amour entre un prurit et un chancre. Tu es de la dernière race après celle des cloportes. Les nématodes te recracheraient. Je te débarque de ma vie par la vidange de l'oubli et…

Ne pas abandonner. La pureté de son âme absolvait son geste. Il ne s'agissait que de s'offrir un peu de bon temps avec les histoires des autres. Tirer une lettre pour se distraire gentiment, mettre un peu de baume sur sa détresse. Une lettre, c'est un petit peu de compagnie, la preuve qu'on a pensé à vous. Cette attention, née du passé, écrite au présent et destinée à l'avenir survit, voyage, s'achemine lentement vers vous, triomphe des kilomètres et soudain, lorsqu'on ouvre l'enveloppe, vous saute au cou, vous salue et vous fête comme un petit chien heureux.

Eddy, je te hais je te hais je te hais
je te hais je te hais je te hais je te hais je te hais
je te hais je te hais je te hais je te hais je te hais je te hais je te hais je te hais je te...

Trois pages comme cela. Son dessein était pourtant simple. Mener en douce une incursion dans l'intimité des gens pour se sentir moins seul, partager des secrets insignifiants. S'évader en picorant dans le courrier. Il y avait un monde dans ce sac. Forcément, statistiquement, quelques turpitudes. Mais cela allait s'améliorer. Il fallait trouver les pépites. Ensuite, remettre gentiment les lettres dans les enveloppes.

... de pire en pire mon vieux Poulin ! Je reviens de Londres ! La jeunesse ensorcelée par la Jeanfoutrerie ! Plus un seul Homme dans les rues ! Tous évaporés en un an ! Des jouisseurs, des invertébrés, des éponges infectées ! Les métèques au pinacle, les femmes aux commandes. Les leviers dans les mains nègres ! La reconstruction qu'ils appellent cela et...

Il froissa la lettre et la jeta à l'eau. Le ressac joua avec la boule de papier et l'avala. Ce qu'il fallait, c'était un peu de grain à moudre pour son imagination, un point d'appui pour rêver. Quelques mots tendres suffiraient : un ou deux prénoms lâchés dans la lettre, une allusion à un rendez-vous, et lui s'occuperait du reste : à l'ombre des palmes, il imaginerait des avenirs radieux, il construirait des châteaux pour amants, lancerait des flottes de gondoles sur les canaux de la Giudicella. Il avait des ressources ! Sa pensée se tenait prête à bâtir des lunes de miel !

... les choses simplement : si je n'obtiens pas de réponse à ce courrier dans un mois et demi, je comprendrai que tout est fini, je prendrai mes quartiers dans la patrie de mon chagrin et je ne viendrai plus jamais te troubler même en pensée et même s'il m'en coûte la vie puisque la mienne ne pèse rien sans toi...

Il changea de technique. Jusqu'ici le hasard ne lui avait réservé que des déconvenues. Il vida le sac sur le sable et fouilla le tas. Son œil fut attiré par une enveloppe de couleur rose décorée d'une frise de fleurs. Une main enfantine avait écrit l'adresse à l'encre turquoise : Adélaïde. Parfait augure. C'était la ville où il devait s'installer ! Il avait démissionné de son poste de biologiste pour oublier l'Allemagne, la guerre, les mornes campagnes et les villes en ruine. Il s'apprêtait à prendre ses nouvelles fonctions au département de recherche sur les récifs coralliens de la faculté d'études océanographiques d'Adélaïde.

… il faisait un temps splendide et la chambre était embaumée de fleurs. Elle n'a pas souffert. Elle voulait t'écrire une lettre, mais le temps a manqué. Tout est allé si vite. Je t'envoie l'enveloppe dont elle a elle-même rédigé l'adresse de sa petite main. Sache…

Le soleil lui frappait l'occiput. Il ne sentait pas la brûlure. Il cherchait une fleur dans un tas de fumier. Au hasard une autre lettre.

… 10 000 $?? !! you bastard, you idiot, you fucking son of a bitch…

Le croiseur *USS Renville* aborda deux jours plus tard. L'homme de quart avait repéré une fumée sur l'atoll. L'équipage mit une chaloupe à l'eau. Le capitaine débarqua sur la plage et fut très troublé par l'accueil de ce malheureux déguenillé qui lui désigna un sac postal sur le rivage, refusa d'embarquer et lui dit d'une voix morte :

— Emportez cela, capitaine, et laissez-moi. Je ne tiens pas trop à regagner ce monde.

La crique

« Vous ne trouvez pas, Monsieur, que la nuit est bien vide et d'un noir bien vulgaire depuis qu'elle n'a plus d'apparitions. »

Guy de Maupassant, *La peur*, 1884.

— Là !

Tous les soirs, ils cherchaient une crique. Les voyages aux quatre vents rendent exigeant. Il leur fallait un mouillage calme et extrêmement sauvage. La moindre trace de présence humaine déconsidérait tout endroit. Rien ne les déprimait davantage qu'une colonne de fumée plantée dans le moutonnement des arbres. Pas question de partager un paysage avec qui que ce soit. Si une route desservait la plage où le vent les avait conduits, ils viraient de bord. Sur l'eau et dans la vie, le demi-tour garantit le bonheur. L'enfer, ce n'est pas les autres, c'est l'éventualité qu'ils arrivent.

L'idéal était une baie profonde et sombre, noyée de végétation avec une crénelure de montagne par-dessus les frondaisons : un paysage comme devaient en voir jaillir les huniers de Cook aux abords des îles. Il y a encore dans les Cyclades de tels parages épargnés par la dent des troupeaux. Des sites homériques où l'on ne serait pas étonné de déranger un troupeau de nymphettes à l'ombre des cyprès.

Après le dîner, ils s'asseyaient sur la coupée pour porter des toasts à la lune. Ils tenaient leur verre à bout de bras et le gros disque blanc se déformait dans le whisky. La lune montait de l'est chaque soir, se juchait sur les houppiers et rôdait lentement dans la nuit. Elle ouvrait sur la mer une balafre d'argent.

Ils ne résistaient pas au plaisir de plonger dans le scintillement. Les paillettes mêlées à l'iode de l'Égée revitalisaient la chair. Ils appelaient cela leurs « bains païens ». Nager dans la traînée de lune, c'est prendre un bain de soleil par réflexion. Puis ils remontaient sur le bateau. Écoutes et élingues tissaient autour du mât une lisse d'argent. La nuit s'emplissait de cliquetis.

Tout était bien en ordre sous les étoiles. Le bateau convient aux âmes fragiles que le chaos du monde rebute. À bord, chaque chose a sa place : la coque sur l'eau, le mât dans la coque et le vent dans la voile. Pas un objet qui n'ait son utilité. Ed était encore plus maniaque que Clara. Il rangeait le moindre ustensile dans des boîtes de plastique au couvercle de couleur. Il y en avait une pour les cuillères à manche bleu, une autre pour les cuillères à manche blanc et même une grosse spécialement destinée aux boîtes plus petites.

Tous les ans, ils naviguaient pendant trois semaines. Rien ne dissout mieux les soucis que le sel. Et puis Ed voyageait tellement pendant l'année… Ce bateau était le point vélique de leur amour, le pont des retrouvailles. À la proue, le nom peint en lettres bleues : *ad vitam.* Une promesse d'éternité sur l'éphémère des vagues. Habituellement, ils cabotaient le long des côtes dalmates. Mais cette année Ed avait voulu faire à Clara la surprise des Cyclades. Il avait même beaucoup insisté pour lui faire connaître l'Égée, où ses parents voguaient au temps de son enfance.

Après le bain, ils avaient une tradition. Ed demandait :

— Bach ou Sinatra ?

Comme il n'y avait que deux disques sur le bateau, Clara alternait. Un soir, elle disait « Bach » et le lendemain, « Sinatra ». Si elle disait « Bach », Ed demandait :

— *Brandebourgeois* ?

Et Clara disait :

— Cela va bien avec le whisky !

D'ailleurs, elle préférait sincèrement Bach. Les *Concertos brandebourgeois* se marient bien aux nuits hellènes. Au bout de deux semaines de navigation, elle connaissait par cœur les concertos. L'oreille guettait chaque battement, chaque reprise algébrique et le cœur était en joie lorsque le mouvement tombait exactement là où elle l'attendait. Écouter c'est reconnaître.

Lors de la nuit du 13 août, le vent du nord poussa une chasse de nuages livides. Les formes s'étiraient, se déchiraient et se présentaient devant la lune comme une charpie de marionnettes devant un lumignon. Ed servit le Chivas dans les verres. Ils s'allongèrent et contemplèrent les transmutations nubileuses.

— Regarde, Clara, une sirène. Non ! Elle a des pattes, c'est une salamandre.

— Un ours poursuivi par la mort.

— Un nain sur un dauphin : sa barbe pousse.

— Un paysan avec sa faux.

— Il danse le flamenco avec une gitane. Elle saute. Elle s'envole.

Et Bach accompagnait le carnaval des vapeurs hoffmanniennes.

— Et là. Une déesse dans un coquillage, dit Clara.

— Ils n'ont pas eu beaucoup de mérite à inventer leur mythologie avec des nuits pareilles, dit Ed.

— Whisky !

— Tu bois trop.

Il chercha des glaçons dans le seau. Il avait installé trois ans auparavant une minuscule machine à glace dans la cambuse.

— Je bois parce que tu t'en vas souvent, dit-elle en souriant.

— Je croyais que mes départs te rendaient heureuse, s'amusa-t-il.

— Ce n'est pas drôle.

— Garce ! je sais à quoi tu occupes mes absences !

Clara sursauta :

— Quoi ?

— Rien, dit Ed. Celui-là, on dirait un champignon atomique.

— Tu me menaces ? dit Clara.

Il se leva sur un coude et regarda sa femme.

— Tu rêves, ma chérie, je plaisantais. Je disais que mes départs te réjouissaient peut-être.

— Tu m'as traitée de garce.

— Tu as des voix.

— J'espère, dit-elle.

— Viens là.

Il ouvrit les bras et Clara s'y lova. Ils regardaient la lune. On distinguait aisément la forme sphérique du satellite grêlé de cratères. Comment les peuples antiques avaient-ils pu croire que les planètes étaient des disques plats ?

— Oublions ça, dit Ed doucement

— Moi, je n'ai rien à me reprocher.

Il regarda sa femme, les sourcils levés.

— Qu'est-ce que tu veux dire, Clara ? Je devrais me reprocher des choses ?

— Mais…, balbutia Clara.

— Tu voudrais que je change de vie, c'est ça, et que je voyage moins ?

— Mais je n'ai rien dit ! Je n'ai d'ailleurs jamais rien dit en vingt ans ! T'ai-je empêché une seule fois de t'en aller, rétorqua-t-elle.

L'air fâché, il descendit dans la cabine et fouilla dans les tiroirs du carré à la recherche de son coupe-cigare. Il revint sur le pont un Roméo & Juliette n° 3 aux lèvres.

— Tu permets, n'est-ce pas ?

— *Of course*, dit-elle.

— Ma fumée va masquer la lune !

— Sûrement, dit-elle.

— Si on mettait Sinatra ? C'est plus gai quand même.

— Je vais chercher le disque, proposa-t-elle.

Elle se leva et s'engagea dans l'escalier de bois.

— Tu me crois assez naïf pour te laisser sans te surveiller ?

Clara se retourna violemment.

— Et là, tu plaisantes encore ? dit-elle.

— Moi ?

— Oui ! C'est un nouveau genre ? Tu ne veux pas que je descende ?

— Mais qu'est-ce que tu racontes ? Repose-toi, surveille les verres, je vais le ramener sur le pont, moi, Sinatra.

— Bon ! dit-elle.

Sinatra chantait, Ed fumait et les voiles du cigare captaient l'obscure lueur lunaire. Il avait pris la main de sa femme. Au large, dans l'ouverture de la baie, le clair de nuit révélait des îles.

— On croirait une femme endormie dans l'eau, dit Ed. Il y a ses fesses qui dépassent, et là une hanche, et là son épaule !

— Oui, c'est vrai.

— Et là ! La croupe qui s'abaisse, c'est élégant, non ? On dirait toi, si je peux oser le parallèle, dit-il.

— Je te croyais assez élégant pour ne pas t'abaisser à le faire.

— Pourquoi dis-tu ça ? C'est blessant, dit Ed.

— Blessant ?

— Oui. Tu me dis que tu me croyais trop élégant pour m'abaisser à faire ce parallèle ?

— Mais tu charries, Ed ! C'est toi qui parles de l'élégance des îles et de leurs croupes qui s'abaissent et de tout ça !

— On devient fou, ma chérie. C'est la pleine lune, ils écrivent des tas de choses là-dessus. Il paraît que les cerveaux humains mutent sous les lunes trop grasses !

Ils se turent un moment puis Ed disparut à nouveau dans le carré. Clara écoutait la musique. Lorsqu'elle portait son verre à ses lèvres, les glaçons tintaient.

— Ed ?

— Quoi ?

— Remonte !

Il passa la tête par le carré, fixa sa femme et la rejoignit sur la banquette.

— Un jour, dit-elle, au tout début, tu m'as dit que pour toi le rêve absolu serait de partir en bateau chaque année pendant quelques jours. Tu me disais ça et moi, je croyais que c'était pour me séduire. Tu t'en souviens, Ed ?

— Oui, c'est vrai, c'était ce que je désirais le plus et c'est exactement ce que nous vivons.

— C'est le bonheur, dit-elle.

— Oui ?

— Oui, dit-elle. Continuer à désirer les choses qu'on possède.

— Oui !

— Et nous, nous continuons à désirer ce que nous avons déjà.

— **Eh bien, non ! Ce soir, tu te trompes. Et l'autre soir, c'était moi que tu trompais.**

Clara se leva si brusquement qu'elle renversa son verre sur le pont. Le whisky faisait des petites flaques moirées sur le bois verni.

— Mais tu es dégueulasse, Ed !

— Qu'est-ce qui te prend ?

Ed regarda sa femme d'un air effrayé. Elle se dirigea nerveusement vers la proue, les mains sur le plat-bord. Ed la suivit et la rattrapa par l'épaule. Une larme coulait sur la joue droite de Clara et la lune y faisait un petit éclat.

— Écoute, chérie, retournons nous asseoir. Ne gâchons rien.

Le jazz ondulait doucement. Ils revinrent dans le cockpit et il l'enlaça. Elle tremblait légèrement. Ils dansèrent et le bateau tangua.

Oh yes, yes, yes ! You my little foolish baby, you don't know what you say…

— **Tu m'insultes.**

— Mais ne recommence pas, Clara, je ne t'insulte pas ! C'est la musique que tu entends.

Elle le regarda interloquée, les mains sur ses épaules. Elle dit très doucement, de ce ton qu'on emploie avec les grands malades :

— Mais je n'ai rien dit ! Je le sais, chéri, que c'est la musique.

— Tu viens de me dire que je t'insulte !

— Mais tu es fou ! C'est Sinatra : « *You my little foolish baby, you don't know what you say* » !

Ils s'assirent et reprirent leurs verres. Ed fixait le large. Elle regardait la montagne découper sa crête dans la nuit mercurielle.

— Dis-le que c'est Frank ! Dis-le, car je le sais !

Clara bondit sur ses pieds et pointa son mari du doigt.

— Cette fois, tu me fous les jetons, Ed ! Évidemment que c'est Sinatra. Je peux te le répéter autant de fois que tu le veux que c'est Sinatra.

— Mais je…

— Non, tais-toi…

Ed balaya la cendre tombée sur le teck du pont. Il peina à rallumer son havane. Quand il tirait sur le cigare, le bout incandescent pulsait sur son visage des reflets de forge.

— Écoute, ma chérie, calmons-nous. C'est comme si on entendait des voix. Je me demande si on ne devrait pas se tirer d'ici. Tu as froid ? Il faudrait peut-être que tu descendes.

— Non, je n'ai pas froid.

— Tu frissonnes.

— C'est ce que tu me dis qui me glace.

— Il y a quelque chose qui cloche.

— Oui, Ed, tu entends des choses…

— Non, Clara, c'est toi qui dis des trucs… Veux-tu qu'on se couche ?

— Non, non, je veux rester dehors ! Monte-moi mon plaid.

Ed disparut sous le pont. On entendit le grincement d'un placard. Une effraie invisible criait dans les cyprès.

— Laisse Frank hors de ça !

Par le carré, le crâne d'Ed jaillit du cockpit comme d'une boîte à diable.

— Mais arrêtons avec cette histoire de Sinatra,

cria-t-il. Tu cherches quoi ? À nous rendre dingues ?

Clara éclata en pleurs. Ed fouillait les placards et mit la main sur le plaid dans la cabine avant. Il en couvrit les épaules de sa femme et jeta un coup d'œil à la chaîne pour s'assurer que l'ancre ne chassait pas.

— Il a avoué, pauvre sotte.

— Ed ! Je t'interdis ! Avoué quoi ?

Ed revint vers la poupe.

— Clara, je n'ai rien dit. Je n'ai pas ouvert la bouche, dit-il calmement.

Il s'agenouilla devant sa femme. Elle se tenait le visage dans les mains.

— Si, sanglota-t-elle. Tu étais à l'avant et tu as rugi : « Il a avoué, pauvre sotte » !

Il ne répondit rien. Il saisit la bouteille de Chivas et alluma la lampe-tempête accrochée au mât de misaine.

— Je crois qu'on devrait arrêter de boire ce truc-là. Où l'a-t-on acheté ?

— À Patmos, dit Clara.

— C'est peut-être une saloperie de contrefaçon ?

— Fous-la à l'eau

La bouteille décrivit une courbe, accrocha un trait de lune et claqua sur l'eau, loin de la proue. Elle flotta un petit moment puis la mer se referma. Ed prit sa femme dans les bras. Il réfléchissait. Il n'avait jamais navigué de nuit mais avec cette lune et les instruments, ce ne devrait pas être très difficile de rejoindre Samos.

— Que vas-tu faire ?

— Que vais-je faire avec qui ? dit Ed.
— Avec qui, quoi ?
— Ce que je vais faire.
— Comment veux-tu que je le sache ?
— Mais pourquoi me le demandes-tu ?
Cette fois elle explosa.
— Mais tu te fous de moi. Tu es sadique ! Qu'est-ce que tu veux à la fin ?
— Te saigner comme tu le mérites ! Pourquoi crois-tu que je t'ai amenée ici ?
Elle hurla et recula jusqu'au plat-bord de proue. Ed s'approcha d'elle, les bras tendus. Il lui souriait, il fallait la calmer, la coucher dans la cabine et, dès qu'elle serait réchauffée, ficher le camp de cet endroit. Il s'avançait. Il souriait, mais le clair de lune pleuvait verticalement sur son visage et ombrait ses traits d'une noirceur laiteuse.
— Ma chérie, ma chérie…
Il fit un dernier pas. Comment puisa-t-elle la force de le tuer ? Sa main trouva le couteau sur la planche à écailler les poissons. Deux secondes plus tard, Ed, la lame dans la gorge, râlait en titubant. Il la regardait stupidement avec les yeux de celui qui n'est pas prêt et ne conçoit pas que la partie soit déjà finie. Il cogna le bastingage du creux poplité et tomba à l'eau, sans un cri.

À Samos, le commissaire Angelikos fut très bien disposé à l'égard de la jeune femme. Le fait qu'elle se présente d'elle-même aux autorités en pleine nuit quelques heures après la mort de son mari contribua grandement à faire accréditer la légitime défense. Couverture sur les épaules et café brûlant au creux des mains, elle raconta tout : les vingt ans d'amour, les navigations annuelles, la vie comme un doux fleuve, l'arrivée dans la crique de Xéros, le mouillage idyllique et soudain le basculement. La lune, les formes inquiétantes, le whisky, Ed qui était devenu fou, qui avait tenu des propos bizarres puis qui était devenu menaçant et s'était finalement jeté sur elle en disant qu'il allait la saigner. Ensuite, elle avait levé les voiles et cinglé jusqu'au port.

Le commissaire ouvrit un dossier d'enquête pour la forme. Si les choses n'avaient tenu qu'à lui, il aurait classé l'affaire et laissé repartir la jeune femme. Son acquittement était gagné d'avance. Le gros officier se souvint subitement qu'une histoire étrangement similaire avait eu lieu dans la même crique, vingt ans auparavant. Un couple au mouillage à Xéros s'était entredéchiré sur un petit voilier. L'eau dormante de ce soir d'été avait porté l'écho de la dispute jusqu'aux oreilles d'un pêcheur qui campait sur la plage. Depuis, dans cette partie des Cyclades, on tenait l'endroit pour maudit et aucun plaisancier de la région n'aurait eu l'idée d'y jeter l'ancre. On racontait que l'âme des défunts rôdait par les nuits de grande lune. À Samos, les vieux pêcheurs surnommaient l'endroit « la baie des morts ».

Clara demanda si le commissaire avait gardé le dossier du procès-verbal. Il disparut et revint dans son bureau dix minutes plus tard avec un dossier d'archive intitulé « Anse de Xéros, 13 août 1988 ».

Il tendit un papier à Clara :

— Voilà, ce sont leurs dernières paroles, recueillies et retranscrites par le pêcheur :

— Garce ! Je sais à quoi tu occupes mes absences.

— Moi, je n'ai rien à me reprocher.

— Tu me crois assez naïf pour te laisser sans te surveiller ?

— Je te croyais assez élégant pour ne pas t'abaisser à le faire.

— Eh bien, non ! Ce soir, tu te trompes. Et l'autre soir, c'était moi que tu trompais.

— Tu m'insultes.

— Dis-le que c'est Frank ! Dis-le, car je le sais !

— Laisse Frank hors de ça !

— Il a avoué, pauvre sotte.

— Que vas-tu faire ?

— Te saigner comme tu le mérites ! Pourquoi crois-tu que je t'ai amenée ici ?

Le phare

Il se dressait sur un promontoire à deux cents kilomètres de Vladivostok. Aucun phare de Russie n'occupait position plus australe. Planté au bord de la falaise, il ne dépassait pas vingt mètres de haut et ne servait plus à grand-chose. Presque personne ne passait au large. Parfois seulement un bâtiment japonais chargé de voitures d'occasion à destination de la poubelle russe ou un pétrolier en route vers Sakhaline. Il était loin le temps où la mer du Japon se pavoisait de voiles et de panaches. Mais les phares ne sont pas là pour prodiguer un service rentable. Ils sont là pour que la flamme demeure allumée.

Un siècle d'embruns avait délavé la tour. À son pied, la petite maison du gardien, dans le plus pur style russe, jouxtait un banya[1] de rondins. Sur la façade, les lettres CCCP et une étoile rouge survivaient au temps. Le bâtiment ne devait rien aux Soviétiques. Il avait été construit par les Bretons de la presqu'île de Crozon à la fin du XIXe siècle. Les hommes du Finistère de l'Ouest avaient traversé l'Eurasie pour venir éclairer le Finistère de l'Est.

1. Version slave du sauna scandinave.

Vladimir Vladimirovitch grimpait chaque jour les cent quatorze marches pour vérifier l'état des lampes. À l'est s'ouvrait la mer du Japon. Au sud, la ligne de montagne marquait la frontière de la Corée du Nord. Ce soir-là, un ferry voguait au loin. La coque faisait un rectangle blanc et solitaire sur l'horizon. L'océan était houleux, le vent soufflait. Les vagues mordaient les rochers du cap. C'est la patience de la houle qui transforme les falaises en plage. Les rafales couchaient les roseaux de la lande. L'automne avait roussi la forêt alentour.

— Vladimir Vladimirovitch ! cria Alexandra Alexandrovna.

L'écho de la voix de sa femme s'enroula dans l'escalier.

— Quoi ?

— Une lettre de France !

« [...] *et c'est ainsi, cher Vladimir Vladimirovitch, que j'ai l'honneur de vous convier chez nous. Nous vous attendons à Brest le 15 décembre et vous rendrons à la Russie le 5 janvier. Nous espérons ardemment rencontrer l'homme qui préside aux destinées d'un phare construit par les nôtres dans les confins. S'ajouteraient à la joie de vous tenir auprès de nous le plaisir de vous faire visiter nos propres installations et l'honneur d'adresser à l'amitié entre nos deux nations un salut symbolique, par-dessus l'espace et à travers le temps...*

Émile Le Bihan,
Président du syndicat des gardiens
de phare de Bretagne, octobre 2003. »

Le Transsibérien use d'une semaine entière pour relier Vladivostok à Moscou. Vladimir Vladimirovitch avait accepté l'invitation. Les services français s'étaient occupés des formalités. Mais le Russe avait tenu à gagner la Bretagne par voie de surface. Il y a une politesse à ne pas se rendre trop vite aux endroits où l'on est invité. L'avion est fait pour les rustres. Vladimir Vladimirovitch passa le voyage à regarder par la fenêtre les bouleaux succéder aux sapins. Il mangea beaucoup, dormit douze heures par nuit et mit à profit le trajet pour lire une traduction en russe du *Petit traité sur les lentilles de Fresnel communément utilisées dans les phares maritimes.*

La semaine bretonne fut terrible. Sur les falaises de granit, on fit honneur au Sibérien. Le syndicat avait impérialement organisé les choses. Le Russe n'eut pas une seconde. Il grimpa dans les phares, rencontra les gardiens, s'attabla à des banquets officiels, visita des sémaphores et donna deux ou trois conférences que le président concluait toujours par un discours vibrant sur « *le phare, monument à la croisée de la mer, du ciel, de l'ombre et de la lumière* ». Le soir, Vladimir Vladimirovitch s'émerveillait de la gaieté qui régnait dans les bars. Il découvrait la joyeuse vibration qui emplit les rues à l'approche de Noël, cette électrisation des esprits et des corps avant la grande fête. Au fest-noz de Ploukernel, le twist cosaque eut un grand succès. Par un de ces mystères qu'éprouvent parfois les voyageurs, Vladimir Vladimirovitch se sentait chez lui dans ces antipodes hercyniens. L'empreinte des lieux sur les caractères ont forgé des âmes identiques aux extrémités du continent. On ne vit pas sans conséquences au bord des parapets. Côtoyer la fin des terres a donné au Breton et à l'Extrême-Oriental un même penchant à la rêverie. Tous deux partagent la propension à dissoudre le vague à l'âme dans l'alcool. Cette communauté de caractère se lisait sur les visages. Vladimir Vladimirovitch et le président se ressemblaient. Mêmes têtes plates, mêmes yeux en olive, même paille blonde sur un front carré, même allure de débardeur.

Les Cosaques possèdent un point commun avec les Celtes : en parvenant aux confins du monde, les deux peuples ont eu à choisir entre se précipiter à l'eau ou se fixer le long des côtes. Le soir, avant les dîners protocolaires, le président du syndicat promenait son hôte de promontoires en pointes rocheuses. Vladimir Vladimirovitch aimait regarder le soleil s'abîmer dans l'Atlantique. Sur le bord des falaises orientales, le Russe n'avait jamais assisté qu'aux aurores. Quand il découvrit Pen-Hir, au bout de la presqu'île de Crozon, il se dit qu'il voudrait finir ses jours devant ce spectacle. Le ciel roulait des tourments. Le vent avait engrossé la mer. La houle bavait au pied de la falaise. En Bretagne, même la mer fait de la crème. Vladimir Vladimirovitch aimait les parois océaniques, cette manière qu'a la terre de tirer sa révérence. On traverse les campagnes, on passe des vallons et des villages heureux et soudain, c'est la falaise : la fin de l'Histoire, tranchée par la géographie.

— J'aime ce paysage, président !

— Il faut que vous alliez visiter un *enfer*[1], Vladimir !

Vladimir Vladimirovitch rejoignit le phare de K... le 22 décembre dans l'après-midi. Les feux du K..., coiffant une colonne de quarante mètres de haut postée sur un caillou au large d'Ouessant, évitaient aux bâtiments de s'éventrer sur les charpies de granit affleurantes. La navette eut de la difficulté à se maintenir à distance du rocher pendant que le Russe était amené au filin sur la plate-forme du phare. Le bateau devait venir le chercher le lendemain soir. Le président Le Bihan tenait à ce que le Sibérien passât les fêtes de Noël avec lui, à Brest. Le gardien, Joël Kerderon, avait été prévenu qu'un hôte de marque viendrait passer une nuit dans son enfer et qu'il convenait de le recevoir avec les honneurs. Il consentit donc à ouvrir une bouche qu'il n'avait pas desserrée depuis trois semaines.

— Salut ! dit-il.

Vladimir Vladimirovitch compta les marches du K...

Deux cent vingt-huit : le double de sa propre tour. Il se plaisait déjà.

Le Russe et le gardien dînèrent dans un

1. Nom donné aux phares dressés sur des îlots rocheux par opposition aux phares continentaux appelés « paradis ».

silence rythmé par le bourdon de la houle. Ils mangèrent une soupe aux pois, un lieu grillé et des pommes de terre à la crème. Ils burent un vin blanc de Savoie. Le raclement des fourchettes tint lieu de conversation. Vladimir Vladimirovitch passa la nuit à courir le phare. Il détailla les boiseries de la bibliothèque, en éplucha les titres (il y avait le *Tarass Boulba* de Gogol et un recueil de poèmes de Lermontov !), admira la lentille. À l'aube, la tempête se leva. La mer se voila d'une crêpe blanche. Le ciel, livide, toucha l'écume, le vent hurla dans la tour. Le coup de tabac était sévère, le phare gémissait, l'air sentait l'iode, Vladimir Vladimirovitch exultait. Le président Le Bihan appela à la radio à huit heures du matin et se répandit en malédictions : « On savait bien que le temps était à la dépression, mais qui aurait prévu que la tempête arriverait si subitement ? » L'après-midi, le baromètre poursuivit sa chute.

À terre, tout espoir s'évanouit de récupérer Vladimir Vladimirovitch pour le réveillon.

La deuxième nuit, l'océan sembla concentrer ses forces pour jeter à bas le K… La hargne atlantique coupa l'appétit aux deux hommes. Ils se couchèrent tôt. Le fracas était tel que Vladimir Vladimirovitch se dressait parfois sur sa couchette comme pour vérifier que le phare n'était pas en train de plier sous un coup de boutoir et, appuyé sur le coude, il regardait Kerderon, cherchant sur le visage breton tranquillement assoupi la confirmation que tout allait bien, que le phare tiendrait et qu'il pouvait reposer sans crainte. Les gardiens de phares terrestres ne sont pas aguerris comme les maîtres des enfers aux tempêtes de pleine mer. Le lendemain, à trois heures de l'après-midi, un soleil maladif perça la couche encore basse, annonçant un léger répit. La houle faiblit un peu, mais le vent ne permettait aucune sortie. Le Bihan appelait à la radio toutes les demi-heures, se morfondant de la situation, regrettant amèrement que le Russe ne puisse goûter à la chaleur d'un noël breton, jurant qu'il réparerait ce coup du sort, promettant de braver la queue de tempête pour venir le chercher en personne le lendemain. Le président finit par lasser le Sibérien avec sa sollicitude. Au fond, Vladimir Vladimirovitch se félicitait de la situation. Passer la nuit de Noël avec un ermite mutique, dans une tour de pierre hantée de tempêtes et dressée aux avant-postes de la nuit atlantique, lui semblait autrement excitant que de partager la dinde dans l'intérieur surchauffé d'un pavillon douillet. Les empressements de Le Bihan finissaient par lui faire le même effet qu'un excès de mayonnaise dans le bortsch matinal.

À cinq heures du soir, Vladimir Vladimirovitch passa à l'action. Il ouvrit sa valise et fit l'état des lieux. Comme tous les Russes, il voyageait avec des provisions serrées dans des sacs de plastique. Il avait en réserve un bocal d'un kilo d'œufs de saumon, quelques tranches d'omouls du Baïkal enveloppées dans un exemplaire des *Nouvelles d'Irkoutsk*, du thé noir de Chine, un bloc de saindoux ukrainien, des cornichons au vinaigre moldave et une bouteille de deux litres de vodka Standard.

— Avez-vous un poêle portatif ?

Joël Kerderon était en train de graisser les gonds de la porte étanche qui donnait sur la plate-forme.

— Vous avez froid ?

— Non, mais je voudrais vous faire une surprise pour Noël.

— Pour Noël ?

Le gardien ne concevait pas que le réveillon pût bouleverser quoi que ce soit de ses habitudes. Sa vie était réglée comme un faisceau de phare. Tous les ans depuis vingt ans, il se couchait le 24 décembre, sitôt effectuées l'inspection des mécanismes et la vacation radio. Que des gens se réunissent pour célébrer un événement universel ne l'affectait pas. Pas plus que ne l'émouvait le fait qu'un Russe vînt s'enquérir d'un poêle portatif un soir de Nativité, dans son propre phare. Il était gardien d'un phare. Il ne vivait pas sur terre.

Vladimir Vladimirovitch s'activa pendant deux heures. Il transporta le poêle électrique dans la tourelle et poussa le bouton de chauffage à fond. Avec des couvertures, il colmata les jointures de la verrière sommitale et les interstices de la porte d'accès à l'escalier. Il calfeutra l'ouverture qui donnait sur la coursive extérieure avec un matelas qu'il monta à grand-peine dans les colimaçons. Il tendit les carreaux de larges bandes de papier d'aluminium, veillant à laisser libres les axes du faisceau lumineux. À huit heures du soir, il faisait 45 °C dans la salle des lampes.

Le Russe redescendit. Sur la table de la bibliothèque, il disposa les poissons fumés. Il fit bouillir un chou, beurra d'épaisses tranches de pain noir sur lesquelles il étala les œufs de saumon à larges fourchetées. Sur chaque tartine, il déposa une lamelle de citron et une branche d'aneth. Il disséqua les cornichons en quatre quartiers dans le sens de la longueur, les agença sur une assiette et dessina des rosaces avec des rondelles de tomate, de concombre, et de poivron. Il découpa des lamelles de lard et de tout petits carrés de fromage. Il posa deux verres à côté de la bouteille de vodka et fit chauffer trois litres d'eau destinés au thé noir. Le chou était prêt et luisait à la lumière des bougies, mou et blet dans l'assiette à soupe.

Là-haut, dans la verrière, le mercure touchait 60 °C. Vladimir Vladimirovitch plaça une brassée d'algues près du poêle. Kerderon les récoltait sur son rocher par temps calme et les faisait sécher dans sa cuisine en vue de décoctions.

D'abord le Breton ne voulut rien toucher. Il dit qu'il n'avait pas faim, prétexta qu'il voulait aller se coucher, qu'il n'était pas habitué aux cérémonies, que ce soir-là était un soir comme les autres et que, Noël ou pas, les bateaux continueraient de croiser au large des récifs et l'éclat de son phare de les protéger du naufrage. Le premier verre de vodka le convainquit d'en accepter un second. Vladimir Vladimirovitch prononça les toasts.

— Aux veilleurs de la nuit ! Un verre, du chou.

— À toute lueur d'espoir ! Un verre, un cornichon.

— Au triomphe de la lumière ! Un verre, des œufs de saumon.

La vodka faisait son œuvre. Elle fouettait l'énergie du Russe, désagrégeait l'asthénie du Breton.

— À l'Enfant Jésus, phare d'une longue nuit ! Un verre, une demi-tomate.

Ils étaient venus à bout du premier litre. La vodka ne fait jamais mal lorsqu'on la boit à deux. Le principe du toast a été inventé par les Russes pour se passer de la psychanalyse. Au premier verre, on se met en train ; au second, on parle sincèrement ; au troisième, on vide son sac et, ensuite, on montre l'envers de son âme, on ouvre la bonde de son cœur, et tout — rancœurs enfouies, secrets fossilisés et grandeurs contenues — finit par se dissoudre ou se révéler dans le bain éthylique.

— Et maintenant : *banya !* dit Vladimir.

Le Russe avait allumé des bougies sur trente-huit des deux cent vingt-huit marches qui menaient à la tourelle.

Lorsqu'ils ouvrirent la porte, une haleine de tropique leur sauta au visage. Les algues s'étaient raidies près du poêle. Elles allaient servir de *véniki*, ces rameaux de bouleaux que les Sibériens utilisent pour se fouetter le sang. Le thermomètre affichait 70 °C. La condensation perlait l'intérieur des vitres. Les deux gardiens se déshabillèrent. La structure vibrait, le vent ne s'était pas calmé. La nuit malmenait le phare.

Le Russe et le Breton soufflaient comme des veaux marins. Ils rissolaient dans la verrière giflée par les rafales. Les épais carreaux s'embrasaient à chaque éclair du phare. Un quart d'heure passa. La température montait. Les peaux rougissaient. Le battement des cœurs s'accélérait. Les poisons accumulés par les organismes s'exfiltraient par la grâce de la cuisson à l'étouffée. Les corps se purifiaient. Le Russe, ruisselant, servait de petites doses :

— Gloire aux faisceaux de l'aube ! Un verre.

— À la victoire du jour ! Un verre.

Le principe du *banya* repose sur la science du choc thermique. Les Russes ont horreur du juste milieu. Avec le *banya,* ils ont mis au point l'art de n'être bien nulle part : dedans, le four ; dehors, le pôle. Vladimirovitch ouvrit la porte de la coursive et poussa le Breton dehors. À quarante mètres au-dessus des flots, le vent hurla à leurs oreilles. Les premières secondes leur donnèrent l'impression de renaître, les suivantes de mourir. Les vaisseaux sanguins se rétractèrent et le froid cuirassa les épidermes. La température était descendue sous le zéro et les cheveux givrèrent. Il ne fallait pas céder à la tentation de se réfugier sous la verrière.

— Appuyez-vous au parapet ! dit Vladimir Vladimirovitch.

En bas, les rouleaux s'éventraient sur les saillies. Le rocher déchirait la pulpe salée. Des paquets d'embruns aspirés par l'ouragan explosaient contre le phare. Le rai de lumière déchirait l'obscurité, indifférent.

Le miracle de Noël fut que le Breton s'anima. Brandissant son verre dans la nuit en furie, tandis que Vladimir Vladimirovitch, gardien de phare des antipodes extrême-orientaux, lui cinglait les flancs à grandes brassées d'algues, Kerderon salua d'un même élan le miracle christique, la centenaire fidélité du pinceau de son phare, la puissance de la houle toujours recommencée et la Nature invaincue qui renaît de sa mort chaque 25 décembre. Phosphorant dans la nuit des clignotements du feu tournant, pleurant des larmes de pluie, il hurla aux rafales :

— À l'éternel retour ! À l'éternel retour !

DU MÊME AUTEUR

Aux Éditions Gallimard

UNE VIE À COUCHER DEHORS, 2009 (Folio n° 5142), prix Goncourt de la nouvelle 2009 et prix de la Nouvelle de l'Académie française 2009

DANS LES FORÊTS DE SIBÉRIE, 2012 (Folio n° 5586), prix Médicis essai 2011

S'ABANDONNER À VIVRE, 2014 (Folio n° 5948)

SUR LES CHEMINS NOIRS, 2016 (Folio n° 6597)

LA PANTHÈRE DES NEIGES, 2019, prix Renaudot 2019

Livres illustrés

HAUTE TENSION : DES CHASSEURS ALPINS EN AFGHANISTAN, avec les photographies de Thomas Goisque et les illustrations de Bertrand de Miollis, 2009 (Hors série Connaissance)

SIBÉRIE MA CHÉRIE, avec les photographies de Thomas Goisque et les illustrations de Bertrand de Miollis et d'Olivier Desvaux, 2012

BEREZINA, avec les photographies de Thomas Goisque, 2016

Chez d'autres éditeurs

ON A ROULÉ SUR LA TERRE, avec Alexandre Poussin, *Éditions Robert Laffont*, 1996 (Pocket)

LA MARCHE DANS LE CIEL, avec Alexandre Poussin, *Éditions Robert Laffont*, 1996 (Pocket)

LA CHEVAUCHÉE DES STEPPES, avec Priscilla Telmon, *Éditions Robert Laffont*, 2001 (Pocket)

L'AXE DU LOUP, de la Sibérie à l'Inde sur les pas des évadés du goulag, *Éditions Robert Laffont*, 2004 (Pocket)

PETIT TRAITÉ SUR L'IMMENSITÉ DU MONDE, *Éditions des Équateurs*, 2005 (Pocket)

ÉLOGE DE L'ÉNERGIE VAGABONDE, *Éditions des Équateurs*, 2007 (Pocket)

APHORISMES SOUS LA LUNE ET AUTRES PENSÉES SAUVAGES, *Éditions des Équateurs*, 2008 (Pocket).

VÉRIFICATION DE LA PORTE OPPOSÉE, *Éditions Phébus*, 2010 (Libretto n° 312)

APHORISMES DANS LES HERBES ET AUTRES PROPOS DE LA NUIT, *Éditions des Équateurs*, 2011 (Pocket)

GÉOGRAPHIE DE L'INSTANT, *Éditions des Équateurs*, 2012 (Pocket)

CIEL MON MOUJIK ! : ET SI VOUS PARLIEZ RUSSE SANS LE SAVOIR ?, « Le goût des mots », *Seuil*, 2014 (Points)

BEREZINA, *Éditions Guérin*, 2015, prix des Hussards et prix littéraire de l'Armée de Terre – Erwan Bergot 2015, élu « Meilleur récit de voyage 2015 » par le magazine *Lire*, (Folio n° 6105)

UNE TRÈS LÉGÈRE OSCILLATION : JOURNAL 2014-2017, *Éditions des Équateurs*, 2017 (Pocket)

UN ÉTÉ AVEC HOMÈRE, *Éditions des Équateurs*, 2018

Livres illustrés

CARNETS DE STEPPES, avec Priscilla Telmon, *Éditions Glénat*, 2002

SOUS L'ÉTOILE DE LA LIBERTÉ, avec les photographies de Thomas Goisque, *Éditions Arthaud*, 2005 (J'ai lu)

L'OR NOIR DES STEPPES, avec les photographies de Thomas Goisque, *Éditions Arthaud*, 2007 (J'ai lu)

D'OMBRE ET DE POUSSIÈRE : LES SOLDATS FRANÇAIS EN AFGHANISTAN, avec les photographies de Thomas Goisque, *Albin Michel*, 2013

EN AVANT, CALME ET FOU : UNE ESTHÉTIQUE DE LA BÉCANE, avec les photographies de Thomas Goisque, *Albin Michel*, 2017

Tous les papiers utilisés pour les ouvrages
des collections Folio sont certifiés
et proviennent de forêts gérées durablement.

Impression Maury Imprimeur
45330 Malesherbes
le 20 juin 2023
Dépôt légal : juin 2023
1er dépôt légal dans la collection : janvier 2019
Numéro d'imprimeur : 271243

ISBN 978-2-07-283675-6 / Imprimé en France.

612212